A PENA E A LEI

A Pena e a Lei

Ilustrações de
Manuel Dantas Suassuna

Edição VIII

EDITORA
NOVA
FRONTEIRA

Copyright © 2019 Ilumiara Ariano Suassuna
Copyright desta edição © 2019 Editora Nova Fronteira Participações S.A.
Copyright das ilustrações © 2019 Manuel Dantas Suassuna

Direitos de edição da obra em língua portuguesa adquiridos pela EDITORA NOVA FRONTEIRA PARTICIPAÇÕES S.A. Todos os direitos reservados. Nenhuma parte desta obra pode ser apropriada e estocada em sistema de banco de dados ou processo similar, em qualquer forma ou meio, seja eletrônico, de fotocópia, gravação etc., sem a permissão do detentor do copirraite.

EDITORA NOVA FRONTEIRA PARTICIPAÇÕES S.A.
Rua Candelária, 60, 7º andar – Centro – 20091-020
Rio de Janeiro – RJ – Brasil
Tel.: (21) 3882-8200 – Fax: (21) 3882-8212/8313

Imagem de capa: Zélia Suassuna

CIP-BRASIL. CATALOGAÇÃO NA PUBLICAÇÃO
SINDICATO NACIONAL DOS EDITORES DE LIVROS, RJ

S934p
8. ed.

Suassuna, Ariano, 1927-2014
    A pena e a lei / Ariano Suassuna ; ilustração Manuel Dantas Suassuna. - 8. ed. - Rio de Janeiro : Nova Fronteira, 2019.
    : il.

ISBN: 9788520942864

    1. Teatro brasileiro. I. Suassuna, Manuel Dantas. II. Título.

19-55569   CDD: 869.2
                                      CDU: 82-2(81)

Meri Gleice Rodrigues de Souza - Bibliotecária CRB-7/6439
28/02/2019 07/03/2019

Esta peça é dedicada a Rita, Zélia, Selma, Germana e Marcos Suassuna, agradecendo a visita que me fizeram em 1951, em Taperoá, e pedindo às três primeiras que intercedam junto aos outros dois para que eu possa participar da empresa da "Acauhan" e da gloriosa expedição à África.
A.S.

Sumário

Auto da Esperança	9
Pequena Explicação Sobre a Peça	21
Primeiro Ato	24
Segundo Ato	72
Terceiro Ato	116
Nota Biobibliográfica	175

Auto da Esperança
Sábato Magaldi

Ao anunciar a apresentação de *A Pena e a Lei*, o "Mamulengo de Cheiroso" qualifica a peça de "presépio de hilaridade teatral" e relaciona o título com a circunstância de que no entrecho "se verão funcionando algumas leis e castigos que se inventaram para disciplinar os homens". Fiel ao seu processo de proclamar para o público as intenções que o movem, Ariano Suassuna dissolve a pureza tradicional dos gêneros ao inscrever a obra como tragicomédia lírico-pastoril, drama cômico em três atos, farsa de moralidade e facécia de caráter bufonesco. Escusando-se antecipadamente de que o terceiro ato tenha Cristo entre as personagens e se passe no céu, ele leva Cheirosa a afirmar: "Vão dizer que você não tem mais imaginação e só sabe fazer agora o *Auto da Compadecida*". Ao que Cheiroso, porta-voz do autor, replica: "Isso é fácil de resolver: na próxima peça, em vez de o personagem ser sabido, é besta, e no terceiro ato, em vez de tudo se passar no céu, se passa no inferno. Aí eu quero ver o que é que eles vão dizer." Louvável a coragem que permitiu a Ariano Suassuna não atemorizar-se ante a retomada parcial de um recurso cênico: ela proporcionou a realização de seu texto mais complexo e maduro até hoje apresentado no Sul. E enriqueceu o repertório brasileiro com uma inegável obra-prima.

Desde a concepção cênica inicial, tudo é extremamente engenhoso em *A Pena e a Lei*. A rubrica esclarece que o primeiro ato "deve ser encenado como se se tratasse de uma representação de mamulengos, com os atores caracterizados como bonecos de teatro nordestino, com gestos mecanizados etc. No segundo ato, os atores já representam num meio-termo entre boneco e gente, com caracterização mais atenuada e com alguma coisa de trôpego e grosseiro que sugira a incompetência, a ineficiência, o desgracioso e material que, a despeito de tudo, existe no homem. Somente no terceiro ato é que os atores aparecem com rostos e gestos teatralmente normais — isto é, normais dentro do poético teatral — para indicar que só então, com a morte, é que nos transformamos em nós mesmos". O mecanismo teatral posto em prática encontra perfeita equivalência no universo religioso. Mais uma vez e de forma brilhante, o palco resume aquele *gran teatro del mundo*, microcosmo simbolizador da história humana, quando o homem pergunta o significado de sua presença na terra. Teatro e transcendência estão aí admiravelmente fundidos. A gradação no estilo do desempenho tem elevado objetivo didático. O homem, como criador em termos terrenos, constrói os seus bonecos, esse teatro de mamulengos que preenche o primeiro ato. Como criatura esculpida pela divindade, ele participa também da imperfeição terrena, depois que o primeiro homem marcou a sua estirpe com o pecado original. De acordo com o cristianismo, cujo espírito sustenta o dramaturgo e o texto, apenas a morte resgata o homem da parcela de culpa que identifica o tempo da encarnação. Daí, se o segundo ato visualiza na maneira de representar a dualidade da natureza humana, o terceiro libera o homem das contingências materiais e o devolve na pureza da sua face divina ao diálogo com o Criador. É perfeita a correspondência entre a materialização cênica e o intuito apologético fundamental.

Essa postulação teórica poderia emaranhar a obra, sem que o público se desse conta dos objetivos superiores, se não estivesse a ampará-la organicamente uma boa trama concreta. Em miúdos: de nada adiantariam as excelentes ideias, se, como estrutura dramática, *A Pena e a Lei* não funcionasse. E no talento para unir a mais tradicional história de burlas a um signo teológico exigente, se percebe a força do grande ficcionista Ariano Suassuna. O espectador que desejar a diversão desabrida da farsa encontrará na peça um motivo inesgotável de comicidade. Cada diálogo encerra uma sugestão para o riso, as histórias narradas contêm uma graça espontânea e explosiva. Subjacente a esse encadeamento natural de vidas simples e primárias, ganha vigor, no terceiro ato, a indagação ontológica, uma das mais profundas já realizadas pela dramaturgia brasileira.

Até na disposição da matéria dos três atos o autor revelou seu espírito agudo, capaz de adequar da melhor maneira os "casos" contados ao didatismo religioso. Aparentemente, trata-se de uma reunião de peças em um ato, nas quais reaparecem sempre as mesmas personagens, "máscaras" reminiscentes da *Commedia dell'Arte* italiana. Em abono desse raciocínio existe até a particularidade de que o primeiro ato de *A Pena e a Lei* reaproveita a peça *Torturas de um Coração*, escrita por Suassuna em 1951. A reincidência do tema, com novas implicações, acaba por provar, sem dúvida, o amadurecimento artístico do dramaturgo, em poucos anos de maior contato com o palco. Como peça de mamulengos urdida pelo homem (teatro dentro do teatro), o primeiro ato de *A Pena e a Lei* se baseia numa trama de logros e traições. Vem, no final, como "lição" dos acontecimentos, a fala em versos de Cheiroso: "A vida traiu Rosinha,/ traiu Borrote também. / Ela trai a todos nós,/ quando vamos, ela vem,/ quando se acorda, adormece,/ quando se dorme, estremece,/ que a vida é morte também." Já o segundo ato, movendo-se em território humano, no qual estão presentes os fios (embora invisíveis) da divindade, apresenta "a história de julgamento e justiça denominada *O Caso do Novilho Furtado*, com o objetivo de mostrar: "letra a: que os homens têm que viver com medo da polícia e do inferno; letra b: que, se não houvesse justiça, os homens se despedaçariam entre si; letra c: que existem casos em que a justiça acerta seus julgamentos". Por caminhos mesmo tortuosos, com ludíbrios incontáveis, o mundo não precisa desesperar da possibilidade de estabelecer seus acertos — ilustram as façanhas. Agora é Cheirosa quem tira a "lição" do ato: "Se cada qual tem seu crime,/ seu proveito, perda ou dano,/ cada qual seu testemunho,/ se cada qual tem seu plano,/ a nota, mesmo, da peça/ devia ter sido essa/ de *Justiça por engano*." Aqui se percebe a abertura para uma vida terrena em que nem tudo é absurdo ou, em outras palavras, o próprio absurdo provém de uma lei secreta que pode redundar em justiça.

O paralelo entre o primeiro ato de *A Pena e a Lei* e o ato único *Torturas de um Coração* exemplifica a mestria do dramaturgo. No esboço original, já de si engraçado, Benedito, derivação do primeiro Zanni e de sua numerosa família de tipos semelhantes, dá a Marieta, como se fossem seus, presentes enviados por Cabo Setenta e Vicentão. A fim de notabilizar-se diante da amada por coragem maior que a propalada pelos rivais, amedronta-os sob o disfarce de Malassombro e lhes dá uma surra de pau. Mas, na hora de fazer jus a Marieta, ela está apaixonada por "seu" Afonso Cabeleira (coração não se governa...), e Benedito é também logrado. A trama é linear, direta, sem requintes de fabulação. O mesmo esquema, no primeiro ato de *A Pena e a Lei*, adquire outras sutilezas, desde o extrato psicológico de Cabo Setenta, transformado em Cabo Rangel (vulgo Rosinha) e Seu Vicentão (apelidado Borrote) — o primeiro louco por flores e com horror à violência, e o segundo tendo vocação real de criador de passarinho e coagido, pela fama adventícia que lhe atribuíram, a arrostar o incômodo de valente. A ideia da falácia de todas as aparências nutre com sabedoria a urdidura desse ato, no qual a história dos presentes e da destruição dos antagonistas de Benedito é vivida em peripécias mais complicadas e cheias de "suspense". Os valentões se ridicularizam sem a necessidade do recurso fácil ao Malassombro e se destroem em consequência do plano hábil de Benedito, em termos puramente naturais. Ganha, com o amadurecimento literário de Ariano Suassuna, a consistência cômica de *A Pena e a Lei*.

As personagens foram escolhidas com base no populário nordestino, que se vincula à tradição da comédia ocidental. Os bravateiros medrosos filiam-se à linhagem dos soldados fanfarrões, que alimentam os militares ridículos da *Commedia dell'Arte*. Ao ser chamado para encontrar uma saída numa situação difícil de outras personagens, Benedito aparenta-se a um Scapino, avô dos antigos primeiros Zanni, criados espertos do gênero popular italiano. Marieta surge como figura mítica, fatalidade da mulher para todos os homens. Por isso, Benedito afirma que está apaixonado por ela sem remédio: "E que é que eu posso fazer? A mulher tem todas as qualidades: ingrata, cruel, fingida, cheia de ternuras e de malícias, ingênua, cabotina, sincera, leal, incapaz de uma traição, falsa, traidora, bonita sem escrúpulos... É maravilhosa!" Eva perturbadora, da qual nenhum teatro afeiçoado às imagens arquetípicas até hoje escapou... Essa mesma Eva assume, no terceiro ato, a "máscara" de Madalena, a pecadora arrependida diante do sacrifício de Cristo. Ao universo genérico de símbolos, Ariano Suassuna acrescentou aquilo que já se pode considerar sua obsessão de natureza religiosa e social — Padre Antônio, velho e surdo, e

Benedito como preto, testemunha de um preconceito que o *Auto da Compadecida* havia enfrentado, mostrando Manuel-Cristo negro (segundo Hermilo Borba Filho, em *Espetáculos Populares do Nordeste*, "com exceção de João Redondo, que é branco, os demais heróis [do mamulengo] são pretos, na intenção clara de 'pintar a bravura do preto, ressaltando o valor da raça negra'. Vale-se, assim, o artista popular daquilo que os eruditos chamam de 'arte comprometida', lançando mão deste veículo para gritar de público as qualidades e o desassombro daqueles que são humilhados na vida real"). Não há nenhum herói no sentido de criatura privilegiada e portadora de idealidade, salvo o poeta João Benício, íntimo, sendo cantador, dos segredos da morte, única revelação válida para o homem. No gosto de pintar seres frágeis e pecadores, Ariano Suassuna se liga a uma das características da ficção moderna, nutrida de preferência pelo anti-herói. No caso da maioria dos escritores, essa opção se prende ao conceito de um homem-objeto, determinado por um jogo de forças superiores. Quanto ao dramaturgo brasileiro, o procedimento se explica pela aceitação da precariedade da natureza humana, de cujo estofo participa irrevogavelmente a própria destruição. Não era sem motivo que o *Auto da Compadecida* findava pela misericórdia divina perdoando o imenso batel de pecadores, ante a interveniência milagrosa de Nossa Senhora. As personagens cheias de erros de *A Pena e a Lei* estão envolvidas pela simpatia, pela ternura, pela caridade cristã autêntica de Ariano Suassuna.

O último ato, se pode existir isoladamente como nova história de mamulengos, completa a trilogia interna de *A Pena e a Lei* no sentido de que indaga e julga a razão dos episódios anteriores. Passar-se ele na Sexta-Feira Santa particulariza-o como autêntico Mistério da Paixão, nos moldes do primitivo teatro religioso medieval, em que o ciclo da morte de Cristo precedeu, aliás, o da Natividade. Com domínio literário, nunca louvado por demais, o autor relaciona os planos divino e humano, e engloba-os no juízo final sobre a própria criação. Sucedem-se as descrições da morte de cada personagem, e até essa continuidade, que em outro tratamento seria na melhor das hipóteses monótona, se torna fonte permanente de riso, pela paródia dos atestados técnicos de óbito e pela sátira das agruras terrenas. Pelos caminhos mais diversos, as várias mortes aparecem interdependentes, numa cadeia simbólica de responsabilidades, que Cheiroso, representando Deus, comenta: "Em suma, cada um de vocês morreu por causa do outro. É o primeiro ponto do processo, porque os homens morrem do convívio dos demais. Se vocês não herdassem o pecado através da carne, se não fossem obrigados às injunções de um só rebanho, não morreriam, e Deus não seria acusado nesse ponto. Será que Jesus vai ter que morrer novamente por isso?"

Mas, quem é o responsável final pela humanidade imperfeita? Ao admitir essa pergunta, o texto aceita implicitamente preceder o julgamento do homem pelo juízo sobre a criação. Benedito assim se dirige a Cheiroso: "Então Vossa Excelência vai me desculpar, mas antes disso quem deve ser julgado é Vossa Excelência, Vossa Eminência, Vossa Mamulenguência! Antes de nós fazermos qualquer coisa, o senhor criou a gente e inventou o mundo, foi o senhor quem inventou a confusão toda." E Cheiroso, criador dos homens do teatro de mamulengos, agora identificado com salutar irreverência a Deus, criador do mundo, se submete à indagação dos homens. Replica ele: "Está certo, Benedito, em nome de Jesus vou aceitar o que você diz, se bem que veja que não estou sendo levado a sério. Serei então julgado por vocês. Vocês farão um inventário de seus infortúnios e dirão se valeu a pena ter vivido ou não. Será assim julgado o ato que Deus praticou, criando o mundo. Vou eu mesmo servir de acusador, formulando as perguntas fundamentais do processo, tudo aquilo que se pode lançar no rosto de Deus, mais uma vez exposto à multidão." O próprio Benedito havia apresentado uma alegoria da injustiça terrena, sintetizando a revolta cristã do autor: "O mundo que eu conheci foi uma cavalhada: os grandes comerciantes de fora, montados nos de dentro; os de dentro, nos fazendeiros; os fazendeiros, nos vaqueiros; os vaqueiros, nos cavalos." Entretanto, nenhuma das personagens repudia a vida que teve. Se lhes fosse dado retornar ao mundo, aceitariam de novo o fardo, desde que, segundo Benedito pede e Cheiroso reconhece como legítimo, se continuasse "com o direito de lutar para melhorar de vida". Findo o processo de Criação, Cheiroso pode concluir a peça: "Pois uma vez que julgaram favoravelmente a

Deus, assim também ele julga vocês. Erros, embustes, enganos, traições, mesquinharias, tudo o que foi a trama de suas vidas perde a importância diante do fato de que vocês acreditaram finalmente em mim e diante da esperança que acabam de manifestar. (...) Jesus foi mais uma vez julgado e crucificado. Os homens comeram mais uma vez a sua carne e beberam seu sangue, esse fruto da videira que ele afirmou que não beberia mais até que viesse o Reino de Deus." A trama bem elaborada, que o dramaturgo urdiu em função do alto propósito catequético, conseguiu realizar o intento expresso por Cheiroso no início do terceiro ato: "Vamos ver se consigo acentuar a extraordinária significação da virtude da esperança. Sempre me impressionou a tremenda importância que se dá ao desespero. Está certo, mas se é assim, se o desespero é coisa tão grave, a esperança deve ser algo de virtude maravilhosa, pois é o contrário dele."

A *Pena e a Lei* é uma súmula do teatro. Síntese de fontes populares e de exigente inspiração erudita, *Commedia dell'Arte* e auto sacramental, sátira de costumes e arguta mensagem teológica, divertimento nordestino e proposição de alcance genérico, herança de valores tradicionais e saída para uma vigorosa dramaturgia coletiva, história concreta e voo para regiões abstratas, mamulengo e metafísica, a peça inscreve-se, sem favor, na vanguarda incontestável do palco moderno. Honra seu autor e a inventividade da literatura dramática brasileira.

(1964)

A Pena e a Lei foi montada pela primeira vez a 2 de fevereiro de 1960, pelo Teatro Popular do Nordeste, no Teatro do Parque, do Recife, sob direção de Hermilo Borba Filho, com cenários e figurinos de Janice, sendo os papéis criados pelos seguintes atores:

CHEIROSO *Luigi Spreafico*
CHEIROSA *Geninha Sá da Rosa Borges*
BENEDITO *José Pimentel*
PEDRO *Leonel Albuquerque*
CABO ROSINHA *Clênio Wanderley*
VICENTÃO BORROTE *Otávio da Rosa Borges*
JOAQUIM *Joel Pontes*
MATEUS *Aloísio Carvalho*
JOÃO BENÍCIO *Fernando Selva*
PADRE ANTÔNIO *Hiram Pereira*

Pequena Explicação Sobre a Peça

Em 1951, escrevi e montei eu mesmo, em Taperoá, com acompanhamento musical de uma orquestra composta de três pífanos e três tambores — o "zabumba" ou "terno" de Seu Manuel Campina —, uma peça para mamulengos, um entremez popular chamado *Torturas de um Coração, ou, Em Boca Fechada não Entra Mosquito*, cujos personagens eram alguns dos "tipos" fixos do mamulengo nordestino — Vicentão, o valente, o Cabo Setenta, o "quengo" negro Benedito. Os outros dois, Marieta e Pedro, pertenciam a meu mundo sertanejo mítico — que, de certa forma, com o outro se confunde — e é por isso que foram batizados com os nomes de Pedro (Pedro de Águeda, um dos muitos "homens de caminhão" que dele fazem parte e justamente célebre, com Pierre Nogueira, Papagaio, Seu Joca Mota, Chico de Filipa) e de Marieta (a primeira "mulher fatal", terrível sedutora de homens, de que minha imaginação infantil cuidou). Com as preocupações e problemas espirituais em que andava mergulhado naquela época, a peça foi um descanso na violência, um descanso que foi proporcionado por esta outra face do caráter sertanejo, o riso.

Quatro anos depois, em 1955, escrevi o *Auto da Compadecida*, na linha religiosa do *Auto de João da Cruz* e na do riso popular do entremez de 1951, que escrevera por simples brincadeira.

Tentei montar a nova peça com um grupo de adolescentes que dirigia então no Ginásio Pernambucano. Como não acertássemos na encenação e eu precisasse dar um espetáculo no dia do aniversário do colégio, escrevi, num só dia, uma outra peça em um ato, uma espécie de "facilitação" do terceiro ato do *Auto da Compadecida*, com outra história, é verdade, com outro tema e cujos personagens eram os mesmos do entremez de 1951. A peça recebeu o título de *O Processo do Cristo Negro*. Montado, porém, o *Auto da Compadecida*, ela perdeu, ao que eu pensava, o sentido, e foi-se juntar à outra na gaveta dos papéis velhos.

Aí, porém, como passasse a dirigir também um grupo de operários, reescrevi em prosa a peça de 1951, dando-lhe o novo título de *A Inconveniência de Ter Coragem*. Montei-a, com os atores fingindo de mamulengo, e tive a impressão de que aquela peça, escrita em Taperoá unicamente por diversão e para receber festivamente a visita de quatro pessoas queridas, dava um bom resultado cênico. Foi então que, procurando salvar também a outra peça, escrevi uma terceira, também em um ato, *O Caso do Novilho Furtado*, expressamente para colocá-la entre as outras duas, com os mesmos personagens, juntando as três num espetáculo só. Para isso, o Cristo, que na terceira peça era preto, como o título indica, virou branco, porque, tendo já tratado do problema da segregação racial no *Auto da Compadecida*, não tinha mais sentido fazê-lo novamente aqui. Foi assim que *O Processo do Cristo Negro* se transformou no *Auto da Virtude da Esperança*, terceiro ato de *A Pena e a Lei*, sendo *A Inconveniência de Ter Coragem* o primeiro e *O Caso do Novilho Furtado* o segundo. Escrevi uma ligação para elas, procurei dar um sentido ao conjunto, e fiz, desse modo, uma peça em três atos.

É esta peça que se edita agora, sob sua forma definitiva.

A.S.

Primeiro Ato

O primeiro ato de A Pena e a Lei *denomina-se "A Inconveniência de Ter Coragem". Deve ser encenado como se se tratasse de uma representação de mamulengos, com os atores caracterizados como bonecos de teatro nordestino, com gestos mecanizados e rápidos. No segundo ato — que se chama "O Caso do Novilho Furtado" — os atores já representam num meio-termo entre boneco e gente, com caracterização mais atenuada, mas ainda com alguma coisa de trôpego e grosseiro, que sugira a incompetência, a ineficiência, o desgracioso que, a despeito de sua condição espiritual, existe no homem. Somente no terceiro ato é que os atores aparecem com rostos e gestos teatralmente normais — isto é, normais dentro do poético teatral — para indicar que só então, com a morte, é que "nos transformamos em nós mesmos" (de acordo com uma frase de Luiz Delgado). Dois personagens, porém,* Cheiroso *e* Cheirosa, *desde a introdução que se apresentam como os demais no segundo ato; e assim permanecem nos entreatos, porque nesses momentos representam, como pessoas, os donos do mamulengo.* Cheiroso *sugere o Cristo no terceiro ato, e* Cheirosa *faz a* Marieta *em toda a peça, pelo que a segunda representa a introdução, os entreatos e o segundo ato como meio-termo entre boneco e gente, o primeiro ato como mamulengo, e o terceiro como gente de farsa. As vozes dos personagens — numa ideia excelente que Hermilo Borba Filho teve para a encenação — também podem ser caricaturadas, podendo, por exemplo,* Vicentão *falar fino e o* Cabo Rosinha *grosso e rouco. Dos cantos adotados na peça, algumas letras são populares anônimas e outras do autor, sendo que dois "martelos" que nela figuram são baseados em versos populares do cantador Dimas Batista. No espetáculo, podem ser cantados — o que é preferível — ou somente recitados, caso se resolva deixar de lado o "terno" de tambores e pífanos e a música. Na primeira hipótese, os cantos devem ser pelo menos baseados nas "solfas" dos cantadores nordestinos. Quanto ao cenário, quando o pano abre representa um mamulengo: quatro estacas formando, no palco, um quadrilátero; pregado nelas, um pano que vai quase até o peito dos atores, com os dizeres "Mamulengo de Cheiroso — Ordem, Respeito e Divertimento". O "terno" tem atacado a introdução antes de o pano abrir.* Cheiroso *e* Cheirosa *entram, cada um por um lado do palco, dançando o xaxado. Ao mesmo tempo, os outros atores aparecem dentro do mamulengo, cantando e dançando.*

Todos

    Cadê seus homens, Maria?

    Cadê seus homens, cadê?

Cheirosa

    Meus homens foram pra guerra

    ou estão brincando de se esconder.

    Ai! Ai!

Todos

    Cadê seus homens, Maria?

    Cadê seus homens, cadê?

CHEIROSA

>Meus homens foram pra guerra
>ou estão brincando de se esconder.

TODOS

>Ninguém sabe que marido
>Marieta escolherá.
>Todo mundo gosta dela.

CHEIROSA

>Eu de alguém hei de gostar.

TODOS

>Marieta é um problema,

CHEIROSA

>quem viver é quem verá.

TODOS

>Marieta é um problema,
>quem viver é quem verá.
>Marieta é um problema,
>quem viver é quem verá.

Com a introdução terminando, os personagens abaixam dentro do mamulengo, como se fossem bonecos, e CHEIROSO anuncia o espetáculo.

CHEIROSO

>Atenção, respeitável público, vai começar o espetáculo!

CHEIROSA

    Vai começar o espetáculo!

CHEIROSO

    Vai começar o maior espetáculo teatral do País!

CHEIROSA

    Vai começar o maior espetáculo músico-teatral do universo!

CHEIROSO

    O presente presépio de hilaridade teatral denomina-se *A Pena e a Lei* porque nele se verão funcionando algumas leis e castigos que se inventaram para disciplinar os homens. E, como era de esperar, tudo isso tem de começar por algumas transgressões da lei, pois quando se traçam normas e sanções, aparece logo alguém para transgredi-las e desafiá-las!

CHEIROSA

    Pedante não, aqueles pipocos!

CHEIROSO

    Cachorra!

CHEIROSA

    Safado!

CHEIROSO

    Sai daí! O "Mamulengo de Cheiroso" tem o prazer de apresentar...

CHEIROSA

    A grande tragicomédia lírico-pastoril!

CHEIROSO

>O incomparável drama tragicômico em três atos!

CHEIROSA

>A excelente farsa de moralidade!

CHEIROSO

>A maravilhosa facécia de caráter bufonesco soberbamente denominada...

CHEIROSA

>*A Pena e a Lei*!

CHEIROSO

>Isso é uma desgraça! Você não vai fazer o papel de Marieta, peste?

CHEIROSA

>Ah, vou! Eu gosto! Eu gosto porque Marieta é uma mulher assim, dessas da rede rasgada, todos os homens gostam dela e eu sou louca por isso!

CHEIROSO

>Então entre aí no mamulengo e deixe de conversa que o negócio vai começar! *(CHEIROSA entra no mamulengo e se oculta por trás do pano, onde se veste de boneca de mamulengo.)* Vai começar! Este primeiro ato denomina-se "A Inconveniência de Ter Coragem" e nele se demonstra, de modo insofismável, que a coragem é coisa improvável e carga pesada neste mundo de surpresas e disparates. Vai começar!

CHEIROSA

>*(Erguendo-se por trás do pano.)* Vai começar!

CHEIROSO

>Essa peste só vai no catolé! *(Dá-lhe um "catolé" e CHEIROSA abaixa.)* Música! Mete os peitos, maestro!

>*Sai. O "terno" dá o tom em ritmo de baião. Por trás do pano do mamulengo, aparecem BENEDITO e PEDRO. Daqui em diante, quando aparece MARIETA, já se sabe que é CHEIROSA, dentro do mamulengo, vestida como boneca, o que só não vale para o momento dos entreatos e do final.*

BENEDITO

>Sou negro, sou negro esperto,
>sou negro magro e sambudo,
>sou negro fino e valente,
>negro de passo miúdo:
>branca, morena ou mulata,
>eu ajeito e enrolo tudo!

PEDRO

>Benedito é mesmo fino,
>é mestre de geringonça:
>enrola branca e mulata
>com essa fachada sonsa.
>Mas, com toda essa esperteza,
>negro é comida de onça.

BENEDITO

    Lá vêm as gracinhas bestas!

PEDRO

    Rá, rá, rá! Benedito acha graça em tudo, menos nisso! Por que será que o povo diz que onça gosta de comer negro?

BENEDITO

    Isso é invenção desse povo ignorante! Isso me dá uma raiva!

PEDRO

    Calma, calma! Que é que você tinha para me dizer?

BENEDITO

    É o negócio de Marieta, ainda!

PEDRO

    Você continua apaixonado?

BENEDITO

    E que é que eu posso fazer, Pedro? A mulher tem todas as qualidades: ingrata, cruel, fingida, cheia de ternuras e de malícias, ingênua, cabotina, sincera, leal, incapaz de uma traição, falsa, traidora, bonita, sem escrúpulos... É maravilhosa! Depois que ela apareceu por aqui, vinda da serra, anda todo mundo doido!

PEDRO

    Menos eu! Menos eu, que não conheço a moça! Mas será que isso vai dar certo, Benedito? Pelo que você me disse, o procedimento de Marieta não é lá muito bom não!

BENEDITO

Deixe de ser mesquinho, Pedro! Marieta vive daquele modo, recebendo um e outro, por causa de certas circunstâncias! Estou inteiramente apaixonado!

PEDRO

E ela corresponde?

BENEDITO

Sei lá! Como diabo eu posso saber, com aquela ingrata, aquela fera, aquela onça desapiedada e selvagem? Às vezes eu penso que sim, às vezes que não... Um inferno, um inferno!

PEDRO

Mas querendo conquistá-la aqui, a sério, só tem você, não é?

BENEDITO

Ah se fosse! Para você ter uma ideia de minha desgraça, basta que eu lhe diga que meus rivais mais importantes são o delegado, Cabo Rosinha, e o valentão-fazendeiro, Vicentão Borrote!

PEDRO

O Cabo Rangel e Seu Vicentão? Saia dessa dança, Benedito! Que é que você quer, se metendo com esses dois assassinos?

BENEDITO

> O que é que eu quero? Quero conquistar aquela mulher, Pedro! E o pior é que os dois valentões juraram se matar, ontem, na primeira vez em que se avistassem hoje: tudo por causa dela!

PEDRO

> Benedito, meu filho, não repare eu perguntar não, mas você já mandou fazer os convites?

BENEDITO

> Convites pra quê?

PEDRO

> Pra sua missa de sétimo dia! Meter-se numa briga desses dois é morte certa!

BENEDITO

> Que nada! Meu plano vai dar certinho! Não é possível que eu passe o tempo ajeitando a vida dos outros e comigo dê errado toda vez. Porque parece que é um azar meu: sempre que planejo um golpe em benefício meu, dá errado. Mete-se uma falhazinha no meio e estraga o negócio. Prevejo tudo, acerto, tapo todos os buracos, mas, na hora mesmo, lá vem a falhazinha e vai tudo d'água abaixo. Mas com Marieta, você vai ver uma coisa! Você trouxe o anel e os brincos que eu encomendei?

PEDRO

> Trouxe, tome! Mas Zé Ourives disse que você tem que pagar até amanhã.

BENEDITO

    Não se incomode! Qual é o preço dos brincos?

PEDRO

    Um conto.

BENEDITO

    E o anel?

PEDRO

    Dois.

BENEDITO

    Está bem, vou dá-los de presente a Marieta e ela será minha.

PEDRO

    Pode me dizer com que dinheiro você paga tudo?

BENEDITO

    Com o dinheiro de Vicentão Borrote e do Cabo Rosinha.

PEDRO

    Benedito, você é um homem morto!

BENEDITO

    Sou nada!

PEDRO

    Isso vai dar um defuntinho preto tão duro que Ave Maria! E outra coisa: quando estiver junto de mim, acabe com esse negócio de chamar Seu Vicentão de "Borrote" e o Cabo Rangel de "Rosinha"; uma vez, em Serra Branca, dois camaradas morreram num dia só, por causa disso. Dizem que antes de esfaquear, eles obrigaram os atrevidos a cavarem a cova, como se faz com os Cangaceiros.

BENEDITO

Mas, meu filho, eu não estou lhe dizendo que vou desmoralizar os dois? Fique aqui que você vai ver.

PEDRO

Não fico coisa nenhuma, não tenho vocação nenhuma para defunto! Pelo menos você está armado?

BENEDITO

(Mostrando um revólver e um cacete.) Bom, em último caso, tenho aqui esses cinco contos de "lá--vai-chumbo" e esse "birro-de-quina", esse pedaço de "Deus-me-perdoe". Mas não é preciso você se arriscar: quando o negócio estiver para estourar, eu aviso e você sai. Agora, fique e conheça Marieta.

PEDRO

Ela mora aqui?

BENEDITO

Claro, você não notou nada? Parece até que o ar que se respira aqui é outro! *(Suspirando.)* Ah! Marieta, mulher cruel! *(Chama.)* Marieta!

MARIETA

(Aparecendo.) Quem me chama?

BENEDITO

Eu, ingrata!

MARIETA

Benedito, moreno de ouro! Onde andava esse ingrato, que há três dias não me aparece?

BENEDITO

Ah uma chapuletada com o "Deus-me-perdoe"! Você não me botou pra fora de casa, mulher? Não disse que quem gostava de negro era a onça, Marieta, mulher sem coração?

MARIETA

Você não sabe que eu só insulto as pessoas de quem gosto?

BENEDITO

(Descangotando.) Ai, que com essa eu descangoto!

PEDRO

Benedito, tenha mais dignidade! Um sujeito como você, ativo, inteligente, instruído, com esses gritos por causa de uma mulher! Dê-se a respeito!

MARIETA

Quem é esse intrometido?

PEDRO

Guio um caminhão de carga,
essa é minha profissão:
sozinho pelas estradas,
no sol ou na escuridão,
comendo o vento da noite
e a poeira do Sertão.

MARIETA

>Muito bonita essa história
>de trabalho e solidão,
>mas nunca vi motorista
>sozinho aqui no Sertão:
>vai sempre uma moça ao lado,
>a serviço do patrão.
>*(Repete os dois últimos versos e depois formaliza-se.)*
>Então é o senhor? Como vai o senhor, Senhor Pedro?

BENEDITO

>Que negócio é esse? Você conhece Pedro?

MARIETA

>Conheço, vim da serra no caminhão dele, quando vim para Taperoá!

BENEDITO

>Você não disse que não conhecia Marieta? Marieta conhece você!

PEDRO

>Mas eu não conheço Marieta, que é que há? Tinha graça um motorista se lembrar de todas as pessoas que carrega na boleia!

MARIETA

>Como é que o senhor sabe que foi na boleia, hein, Senhor Pedro?

PEDRO

　　Eu não sei coisa nenhuma, foi um modo de falar! Benedito, adeus! Não fico mais aqui de jeito nenhum!

Abaixa dentro do mamulengo.

MARIETA

　　Fugiu! Que é que ele tem, Benedito?

BENEDITO

　　Você ainda pergunta? Soube da briga que está para estourar aqui e está com medo de Vicente Borrote e do Cabo Rosinha!

MARIETA

　　Você soube? Eles, ontem, juraram se matar, se se avistassem hoje. E Vicente, meu Deus, com aquele gênio!

BENEDITO

　　(Eriçado.) Você gosta dele, Marieta?

MARIETA

　　Lá vem a besteira, a gente não pode nem falar noutro homem!

BENEDITO

　　Por que é que você o recebe todo sábado?

MARIETA

　　Porque gosto de conversar com ele, para ouvir as valentias! Ele já matou mais de dez, Benedito! Mas isso não quer dizer que eu goste de Vicentão, não, eu não recebo o Cabo Rangel também? E você? Eu recebo você mais do que a todo mundo!

BENEDITO

Então você gosta de mim?

MARIETA

Lá vem a besteira! "Gosta de Vicentão? Gosta de Rangel? Gosta de mim?" Arre lá, a toda hora é isso! Como eu sofro! Ninguém me compreende! Ninguém gosta de mim!

BENEDITO

Marieta, não diga uma coisa dessa, minha flor! Eu sou louco por você!

MARIETA

Você é louco por mim: e o que é que adianta isso? Se ao menos você se destacasse! Por enquanto você não passa de comida de onça! Se ao menos você fosse valente!

BENEDITO

Se eu fosse valente? Marieta, é preciso que você saiba que eu sou o sujeito mais valente de Taperoá!

MARIETA

É nada! Valente mesmo, aqui em Taperoá, só tem Vicentão e o Cabo Rangel!

BENEDITO

E o que é que você me diz se eu desmoralizar os dois na sua frente?

MARIETA

Bem, aí eu acho que ninguém poderia mais dizer que você é comida de onça! Mas você tem coragem de topar o delegado, Benedito?

BENEDITO

Minha filha, com esse pedaço de "Deus-me-perdoe" na mão, eu não tenho medo de homem nenhum! Você duvida eu chamar esse delegado de "Rosinha", na sua frente, Marieta?

MARIETA

Meu Deus, você teria coragem?

BENEDITO

E então? Era o que faltava, um meganha safado daquele se meter com a mulher que eu adoro! Você vai ver uma coisa! Eu sou assim, calmo, ponderado, mas quando me espalho, o negócio fede!

MARIETA

Pois então eu vou saindo, o negócio vai começar a feder!

BENEDITO

Que há?

MARIETA

O Cabo Rangel vem saindo da delegacia!

BENEDITO

>Pois é agora que eu vou mostrar quem é Benedito a esse tal de Cabo Rosinha!

MARIETA

>Não chame o delegado de "Rosinha" não, Benedito! Você morre!

BENEDITO

>Não chamo? Ora não chamo! Chamo! Chamo, pra desmoralizar! Rosinha, Rosinha, Rosinha!

MARIETA

>Meu Deus, vai haver sangue!

BENEDITO

>Meu gênio é assim, calmo, ponderado, mas quando me espalho... Rosinha, Rosinha, Rosinha...

MARIETA

>Ai!

Abaixa, com medo. BENEDITO vai baixando a voz à medida que o cabo se aproxima, e, ao mesmo tempo, vai entrando numa canção, para disfarçar.

BENEDITO

>...Rosinha, Rosinha é o...
>Pau-pereiro, pau-rosinha,
>pau-d'arco e manjericão.
>Pau-rosinha, pau-rosinha,

rem-rem-rem meu coração.
Pau-pereiro, pau-pereiro,
pau de minha opinião,
todo pau floresce e cai,
só o pau-pereiro, não.

Ó, Senhor Delegado, Senhor Cabo Rangel, como vai o senhor, como vai essa simpatia? Está bonzinho? Como vai a família?

ROSIHA

Vá pra lá, moleque! Quem gosta de você é a onça! Vá pra lá, senão vai pra chave!

BENEDITO

Calma, Seu Cabo! Que é isso, o senhor, uma autoridade, que deveria se manter sereno, um militar, um homem guerreiro, fazendo confusão só porque eu lhe perguntei pela família? Isso é uma regra de civilidade e cortesia, Seu Cabo!

ROSIHA

Você hoje termina dormindo na cadeia! Aqui preocupado, com a cabeça cheia de problemas, ainda me aparece um moleque desse para criar confusão!

BENEDITO

Ai, é mesmo, eu nem me lembrei! Vicentão Borrote, aquele assassino, jurou matá-lo! Com uma ameaça dessa, quem é que não se preocupa!

ROSINHA

O quê? Você quer insinuar que a autoridade está com medo? A autoridade não tem medo de coisa nenhuma, Benedito! Você se desgraça, Benedito!

BENEDITO

Desculpe, Seu Cabo!

ROSINHA

Isso é seja com quem for, com você ou Vicentão: a autoridade é homem para topar qualquer parada! Mato um, esfolo, rasgo, estripo, faço o diabo!

BENEDITO

Eu sei, Seu Cabo! Aliás, todo mundo sabe o gênio que vocês dois têm. O pessoal está todo comentando: "Quando Vicente Borrote se encontrar com o Cabo Rosinha..."

ROSINHA

(Aberturando-o.) Com o cabo o quê, moleque?

BENEDITO

Ai, Seu Cabo, pelo amor de Deus, não me mate não! É o pessoal que diz, Seu Cabo, não sou eu não! Ai, não me mate não, Seu Cabo!

ROSINHA

O safado que eu pegar me chamando de "Rosinha" morre, está ouvindo?

BENEDITO

Mas não sou eu não, é o pessoal! O pessoal é quem diz: "Quando Borrote se encontrar com o Cabo, ou corre um ou vai haver sangue."

ROSINHA

Corre? E eles acham que vai correr um, é?

BENEDITO

É, eles dizem: "Vicentão corre!"

ROSINHA

Rá, rá, rá! Vicentão corre, hein?

BENEDITO

É, e os outros respondem: "Nada, quem corre é o Cabo Rosinha!"

ROSINHA

Deixe de intimidade, viu? Deixe de intimidade pra meu lado!

BENEDITO

E tudo isso por causa de Marieta, hein?

ROSINHA

Deixe de intimidade, viu?

BENEDITO

Que é isso, Seu Cabo, está me desconhecendo? Deixe de frieza, eu conheço os recantos mais íntimos desse coração militar!

ROSINHA

Você conhece, Benedito?

BENEDITO

> Conheço, Seu Cabo! E sei o bálsamo que um amigo atento e dedicado pode oferecer a um coração ameaçado e solitário!

ROSINHA

> *(Abandonando-se ao apoio.)* Ah, Benedito, como sofro!

BENEDITO

> É possível? O senhor? Uma autoridade?

ROSINHA

> As autoridades também sofrem, Benedito! E o pior é ter que suportar minhas mágoas em silêncio! Não tenho um confidente, uma pessoa amiga a quem pedir conselho! Vão logo dizer que a autoridade está se desmoralizando!

BENEDITO

> Em mim, o senhor tem dois ouvidos atentos e uma boca muda, às ordens da autoridade.

ROSINHA

> Minha situação é dolorosa! Por ter que topar Vicentão Borrote, não, isso até me diverte, rá, rá! Mas Marieta é tão cruel, que eu não sei nem se ela gosta de mim ou dele!

BENEDITO

> Pois eu sei, de fonte segura, que ela gosta do senhor, Cabo Rosinha!

Diz o apelido à parte, para experimentar, e vai subindo o tom até dizê-lo de cara ao cabo.

ROSINHA

    É nada, Benedito!

BENEDITO

    Foi ela mesma quem me disse, Cabo Rosinha!

ROSINHA

    Foi nada, Benedito!

BENEDITO

    Por tudo quanto é sagrado! Puxei o assunto e ela confessou, Cabo Rosinha!

ROSINHA

    Benedito! Você é um moleque de ouro! E o que foi que ela disse de mim, Benedito?

BENEDITO

    Ela disse: "Eu simpatizo tanto com o Cabo Rosinha!"

ROSINHA

    Ai, meu Deus!

BENEDITO

    Descangotou, Seu Cabo?

ROSINHA

    Ai que é o amor! E o que é que eu vou fazer agora? Me declarar?

BENEDITO

    É pouco.

Rosinha

    Casar?

Benedito

    Aí é muito.

Rosinha

    E o que é que eu faço, então?

Benedito

    Dê um presente a ela. Que acha destes brincos? Zé Ourives me deu pra eu vender. Eles custam um conto, mas só posso lhe vender por dois.

Rosinha

    Por quê?

Benedito

    Foi um favor que lhe fiz. Andei investigando e descobri que Vicentão Borrote está morrendo de medo, doido para sair dessa briga. Fui conversar com ele, insinuei que talvez você lhe desse um conto, e ele ficou inclinadíssimo a desistir, tanto de Marieta como da briga. Entendeu meu plano? Você me dá dois contos. Com um, eu pago os brincos, você presenteia Marieta e ela está no papo. Dou o outro a Vicentão, ele cai fora, e fica desmoralizado, porque todo mundo vai dizer que ele correu com medo de você!

Rosinha

    Rapaz, se isso der certo!... Você acha que dá?

BENEDITO

    Acho, não, tenho certeza! De uma vez só, você resolve o amor e a briga!

ROSINHA

    Então vamos tentar, não? É melhor mesmo, se a gente pode evitar a briga... Por mim não, mas Marieta pode ficar assustada, não é? Tome lá os dois contos e me dê os brincos.

BENEDITO

    Agora, tem uma coisa, Rosinha: se Vicentão avista você dando os brincos a Marieta, é capaz de haver sangue!

ROSINHA

    Por quê? Ele não quer desistir?

BENEDITO

    É, mas o acordo não foi selado, e, assim, pode ser que ele não goste. Procure uma pessoa valente e de confiança e mande entregar por ela, é mais seguro! Agora, veja a quem confia, porque entrando muita gente na história, o negócio do acordo se espalha e vai tudo d'água abaixo. Fico por aqui. Até logo, Rosinha!

ROSINHA

    Espere! Benedito, entregue os brincos a Marieta!

BENEDITO

    Está doido, Rosinha! Vicentão me mata, e, ainda por cima, vão dizer que eu sou seu leva-e-traz!

ROSINHA

>Se algum safado disser isso, meto na cadeia! Me faça esse favor, pela amizade que me tem!

BENEDITO

>Bem, por uma questão de amizade...

ROSINHA

>Então entregue e diga a Marieta que eu quero vê-la. Você diz?

BENEDITO

>Digo. Mas saia! Saia, Rosinha! Borrote apareceu na ponta da rua!

ROSINHA

>*(Pondo-se de costas.)* Eu não vi, eu não vi nada, é por isso que não cumpro meu juramento de matá-lo! Eu podia ficar para resolver tudo de vez, mas isso ia ser um aperreio muito grande para Marieta! Assim, é melhor evitar a briga: se é ele que corre! Ele vem pelo lado de cá?

MARIETA aparece por trás deles.

BENEDITO

>Vem.

ROSINHA

>Então eu saio pelo lado de lá!

BENEDITO

(Enquanto ROSINHA abaixa.) Saia, Rosinha! Puxe por ali! Rosinha! Safado! Meganha! Eu não digo? Um meganha desse, metido a valente pra meu lado! Puxe por ali, safado!

MARIETA

Mas, Benedito, não é que você é valente mesmo? Cheguei no fim, mas ainda ouvi você chamar o Cabo de "Rosinha"!

BENEDITO

Ah, minha filha, e eu não tinha dito que ia chamar?

MARIETA

E vocês brigaram?

BENEDITO

Nada, foi coisa pouca! Ele se meteu a besta pra meu lado, eu dei-lhe uns catolés aqui com o "Deus-me-perdoe", e depois disse: "Puxe por ali, meganha!" Mas espere: tenho que guardar aqui um certo dinheiro. *(Separando as notas.)* Um conto é minha comissão. O outro é para pagar os brincos a Zé Ourives.

MARIETA

O que foi que ouvi você dizer, Benedito? Uns brincos?

BENEDITO

Sim, trouxe uns brincos de presente para você. Mas não sei se você aceita presente de um "comida de onça" pouco destacado como eu!...

MARIETA

Que pouco destacado que nada, Benedito! Você provou que tem raça, chamando o delegado de "Rosinha"! Deixe ver os brincos! Ai que beleza! Mas será que posso usá-los?

BENEDITO

Quem iria impedir? Rosinha eu já desmoralizei!

MARIETA

E Vicentão? Ai, meu Deus, lá vem ele!

BENEDITO

Mas, Marieta, você com medo de um Borrote daquele?

MARIETA

Benedito, não chame Vicentão de "Borrote" não, que ele mata você na minha frente!

BENEDITO

Ah, chamo! Chamo pra desmoralizar! Borrote, Borrote, Borrote!

MARIETA

Minha Nossa Senhora, vai haver sangue!

BENEDITO

Meu gênio é assim, calmo, ponderado, mas quando me espalho... Borrote, Borrote, Borrote...

MARIETA

Ai! *(Abaixa.)*

BENEDITO

...Borrote... Borrote... Borrote é o...

Pau-pereiro dá barrote,
dá barrote e dá mourão.
Todo pau floresce e cai,
só o pau-pereiro, não.
Pau-pereiro, pau-pereiro,
pau de minha opinião:
todo pau bom dá barrote,
só o pau-pereiro, não.

Ó, Senhor Vicentão, senhor fazendeiro, como vai essa simpatia? Está bonzinho? Como vai a família?

VICENTÃO

Vá pra lá, moleque! Eu hoje amanheci azeitado! Do jeito que estou, não quero nem que olhem pra mim! Vá logo ficando de costas, viu? Olhou pra mim hoje, morre!

BENEDITO

Mas o senhor, azeitado e de mau humor, exatamente quando pode desmoralizar o Cabo Rosinha e ficar com Marieta, de uma vez, sem precisão de briga?

VICENTÃO

Hein?

BENEDITO

Não sei se o senhor sabe que eu sou o confidente de Marieta! Ela me fez certas confidências!

VICENTÃO

Ah, foi? E o que é que ela pensa, Benedito, sobre... Bem, sobre a beleza da vida, sobre... Eu não gosto de falar nessas coisas não, que eu encabulo! Mas o que é que ela pensa, por exemplo... Rim, rim, rim! Que é que ela pensa sobre... o amor?

BENEDITO

Ah, ela me disse que está apaixonada, Borrote, e que era pelo homem valente daqui.

VICENTÃO

Nossa Senhora! Só pode ser por mim, você não acha, Benedito?

BENEDITO

Acho, Borrote!

VICENTÃO

O quê, Benedito?

BENEDITO

Vicente, você não repare não, mas eu tenho esse vício. Quando gosto de uma pessoa, só sei tratar pelo apelido!

VICENTÃO

Mas comigo não, você se desgraça! Mas você falou aí em resolver a questão e arranjar Marieta sem briga, foi? Como?

BENEDITO

Por três contos eu arranjo tudo. Está vendo este anel? Zé Ourives me deu para eu vender, e Marieta disse que o homem que lhe der esse anel conquista o coração dela.

VICENTÃO

E ele custa três contos? Zé Ourives tinha falado em dois!

BENEDITO

O outro é para dar ao Cabo Rosinha. O cabo está doido para não brigar: insinuou que, por um conto, deixa Marieta de lado. Com a fama de valente que você tem, todo mundo vai pensar que ele correu com medo de você. Ele fica desmoralizado, você dá o anel e Marieta está no papo.

VICENTÃO

Você acha que vale a pena?

BENEDITO

Eu acho! Agora, você que gosta de briga, talvez prefira beber o sangue do delegado!

VICENTÃO

Não, tome! Não é que eu queira enjeitar briga não, mas, assim, é melhor evitar essa agonia a Marieta. E o anel?

BENEDITO

Amigo Borrote, é melhor você pedir a uma pessoa para entregar. O acordo não está feito ainda: se o delegado avistar você dando o anel a Marieta, vai haver sangue! Tome, até logo!

VICENTÃO

Benedito! Você não podia me fazer esse favor?

BENEDITO

Está doido? O Cabo Rosinha me mata e, ainda por cima, vão dizer que eu sou seu leva-e-traz!

VICENTÃO

Faça isso pela amizade que me tem!

BENEDITO

Bem, por uma questão de amizade ao velho Borrote... Mas tem uma coisa: o delegado vem ali.

VICENTÃO

Eu não vi! Eu não vi nada! O que eu jurei foi matar o delegado se avistasse o delegado, mas eu não avistei o delegado!

Aparece MARIETA por trás deles.

BENEDITO

Então aproveite e corra enquanto é tempo!

VICENTÃO

O quê, Benedito? Você está pensando que eu tenho medo? Vicentão velho é peia, Benedito!

BENEDITO

Benedito também é peia, Borrote!

VICENTÃO

Vicentão é sangue, Benedito!

BENEDITO

Benedito também é sangue, Borrote!

VICENTÃO

Vicentão é raça, Benedito!

BENEDITO

Benedito também é raça, Borrote! Mas o delegado vem ali!

VICENTÃO

Então eu saio por aqui!

BENEDITO

(Enquanto VICENTÃO abaixa.) Vá, vá logo! Puxe por ali! Safado! Borrote! Ai, Marieta, você estava aí?

MARIETA

Mas, Benedito, como você é valente!

BENEDITO

Ora, deixe isso de lado! Eu sou valente só com os homens, para você sou o mais manso, o mais generoso, o mais apaixonado dos namorados! Para os homens, sou uma fera, para você sou como um borrego e digo como o poeta cearense:

Deixa-me, triste cuidado,
da minha lembrança voa.
Deixa esquecer essa ingrata,
essa fera, essa leoa.

Ai! Mas espere, deixe ver a partilha: um conto, comissão, dois, para o anel.

MARIETA

Anel? Que anel?

BENEDITO

Vendo a acolhida que você deu aos brincos, trouxe este anel que combina com eles. Tome!

MARIETA

Benedito querido! *(Beija-o.)*

BENEDITO

(Frio.) Obrigado.

MARIETA

Mas, Benedito, que frieza! Inda agora, bastava uma palavra mais carinhosa minha e você só faltava arriar dos quartos!

BENEDITO

Meu bem, agora não tenho tempo para essas coisas não! Amor a toda hora enfastia, enche, e eu estou decidindo uma parada de vida ou de morte! Saia, Rosinha vem ali!

MARIETA

Ai, meu Deus, Vicentão volta já! Será que vai haver sangue?

BENEDITO

Deixe de fricote e obedeça! Saia, saia!

MARIETA *abaixa e* ROSINHA *aparece.*

ROSINHA

E então? Falou com ele? O que foi que ele disse? Quer desistir? Você deu o dinheiro?

BENEDITO

Calma, Rosinha! Borrote recebeu o dinheiro e marcou um encontro aqui.

ROSINHA

(Amarelo.) Um encontro? Com quem?

BENEDITO

Ora com quem, com você, queria bem que fosse comigo? Mas fique descansado, o que ele quer é acertar as condições da desistência. Um pouco antes das seis horas, o sacristão não dá um toque de aviso, com uma batida no sino?

ROSINHA

Dá.

BENEDITO

Foi a hora que Borrote marcou. Assim que ele der o primeiro toque, você sai da delegacia e se encontra com ele aqui. Ele está assombrado, doido para sair dessa briga!

ROSINHA

(Com medo, gago.) Se é assim, eu venho. E Marieta? Que foi que ela disse dos brincos?

BENEDITO

>Quer ter uma entrevista com você, mas só depois de ver Borrote desmoralizado. Entendeu? Espere a primeira batidinha do sino e venha.

ROSINHA

>Nossa Senhora da Conceição dos Militares nos ajude para tudo dar certo!

Abaixa e VICENTÃO *aparece, de costas, cuidadoso.* BENEDITO *dá-lhe um tapa nas costas.*

BENEDITO

>Pou!

VICENTÃO

>Ai! *(Recompõe-se.)* Benedito, nunca mais faça isso! Você escapou de morrer! Que foi que Marieta disse do anel?

BENEDITO

>Disse que vai ter um encontro, sozinha, com você, mas só depois que o delegado estiver desmoralizado!

VICENTÃO

>Você não disse que ele desistia?

BENEDITO

>E é o que ele vai fazer. Antes das seis horas, o sacristão não dá um toque de aviso, com uma batida no sino?

VICENTÃO

Dá!

BENEDITO

E depois não dá o da Ave-Maria, às seis horas?

VICENTÃO

Dá!

BENEDITO

Pois quando ele der o segundo toque, venha pra cá, que o Cabo Rosinha estará esperando, para acertar a desistência. Entendeu? Primeiro toque, atenção, segundo toque, vem pra cá. Com o delegado desmoralizado, Marieta será sua! Saia, e que Deus o ajude em seu encontro!

VICENTÃO

Amém, Benedito, amém! Nossa Senhora do Bom Parto nos ajude pra tudo dar certo!

Abaixa e PEDRO aparece.

PEDRO

Era Vicentão?

BENEDITO

Era! Viu? O mundo é dos espertos, Pedro! E desta vez não haverá nenhuma falhazinha para atrapalhar! Que horas são?

PEDRO

    O sacristão passou para a igreja.

BENEDITO

    Então está na hora! Marieta!

MARIETA aparece.

MARIETA

    Benedito, é você? Houve sangue? Não lhe aconteceu nada?

BENEDITO

    Que é que podia me acontecer, meu bem?

MARIETA

    E os dois? Brigaram?

BENEDITO

    E eu dei tempo? Quando o negócio ia começar, eu me meti no meio e desafiei os dois, de uma vez, para um duelo de morte comigo!

MARIETA

    Meu Deus, e onde vai ser isso?

BENEDITO

    (Dramático.) Aqui, diante de sua porta, depois do toque da Ave-Maria! Quero matá-los diante de você, ou então morrer vendo seu rosto, meu amor!

MARIETA

>Mas, Benedito, pelo amor de Deus! Você vai brigar com os dois de uma vez?

BENEDITO

>Vou, por que não? Eles não estão disputando a mulher que eu adoro?

MARIETA

>Benedito, você vai morrer! E por minha causa, meu Deus, na minha porta!

BENEDITO

>Não tenha medo, você não correrá perigo e é o que basta para mim! Ficará com você este amigo fiel, que a protegerá enquanto eu enfrento a morte!

MARIETA

>Pedro! Mas Benedito...

BENEDITO

>O sacristão subiu na torre! Saiam imediatamente!

Empurra os dois, que abaixam, fazendo ele o mesmo. Batidas de sino. Aparece ROSINHA, com um revólver na mão, trêmulo de pavor.

ROSINHA

>Meu Deus, eu lhe juro não ser mais valente,
>não mais bancar brabo dentro da cidade,
>vou dar pra rezar e fazer caridade,

batendo no sino e curando doente.
Eu deixo esta vida de cabra insolente
se o tal do Borrote não me assassinar.
Já sinto um negócio na perna esquentar,
que eu não sou de briga, que eu não sou de nada,
aqui, desgraçado, com a calça melada,
com a calça breada na beira do mar!

Benedito aparece por trás dele, com um chapéu de abas largas igual ao de Vicentão, e encosta um revólver nas costas do cabo, imitando a voz do outro.

BENEDITO

Rosinha, não se mexa não, que morre!

ROSINHA

Não me mexo não, Seu Vicentão! Ai, Seu Vicentão, não me mate não pelo amor de Deus!

BENEDITO

É o que eu vou decidir! Você vai me esperar ali, na igreja! Se tentar fugir, morre! Quando eu der um assovio, volte, jogue o revólver no chão e se ajoelhe, esperando a sentença. E você vai deixar Marieta de lado, viu?

ROSINHA

Eu obedeço, mas tenho uma condição!

BENEDITO

O quê, atrevido?

ROSINHA

Pelo amor de Deus é coisa pouca! Eu vou lhe confessar uma coisa: tenho horror à violência e sou louco pelas flores! Pelo meu gosto, eu vivia plantando flores, ao luar: rosas, cravos, bogaris, angélicas, dálias... Por vaidade, me meti nesta vida e nesta briga, foi tudo vaidade! O senhor não tem um pé de bogari no terreiro de sua fazenda?

BENEDITO

Tenho.

ROSINHA

Pois bem: eu obedeço a tudo. Mas o senhor não conta nada a ninguém, deixa eu viver e me dá o pé de bogari. Está certo?

BENEDITO

Bem, se eu resolver não matá-lo, não conto nada e o bogari será seu. Vá, saia!

ROSINHA abaixa e BENEDITO também.
Toques de sino. VICENTÃO aparece, também
tremendo, com um revólver na mão.

VICENTÃO

Minha vocação é criar passarinho,
cuidar do alpiste e limpar a gaiola:

canário, xexéu e campina-patola,
concriz, curió e o salta-caminho;
cardeal, patativa, tiziu, verde-linho,
eu crio se dessa puder escapar!
Chegou o momento de eu me confessar:
eu quero é cuidar de um viveiro bonito,
com pombo, asa-branca e com caga-sibito,
pulando e cantando na beira do mar!

Benedito aparece por trás dele, com quepe igual ao do cabo, e encosta-lhe o revólver nas costas.

BENEDITO

(Rouco.) Borrote, não se mexa não, que morre!

VICENTÃO

Ai, Seu Delegado, pelo amor de Deus, não me mate não!

BENEDITO

É o que eu vou resolver! Você vai me esperar ali, junto do açougue. Estou de olho aberto, se tentar fugir, leva um tiro na barriga! Quando eu der um assovio, venha se entregar. Jogue o revólver no chão e se ajoelhe. E tem uma coisa: Marieta agora é minha!

VICENTÃO

Eu obedeço! Mas me diga uma coisa: o senhor não tem um galo-de-campina na delegacia?

BENEDITO

    Tenho.

VICENTÃO

    A única coisa que me interessa no mundo é criar passarinho! Foi por vaidade que me meti nessa briga. Eu obedeço! Mas o senhor não conta nada a ninguém e me dá esse galo-de-campina!

BENEDITO

    Pois vá! Se eu resolver não matá-lo, não conto nada e o galo-de-campina será seu. Saia, antes que eu me arrependa!

VICENTÃO abaixa. BENEDITO tira o quepe, dá um assovio e abaixa. Os dois valentes entram, cada um por um lado, dão um grito, jogam os revólveres no chão e se ajoelham, um de costas para o outro. BENEDITO aparece, apanha os revólveres e fica entre os dois, com um revólver em cada mão. Aparecem MARIETA e PEDRO, por trás.

VICENTÃO e ROSINHA

    Ai!

BENEDITO

    Vou matar esse cabra safado!

VICENTÃO e ROSINHA

    Ai!

Rosinha

Ai, não me mate não, pelo amor de Deus! Marieta é sua, pode ficar com ela, eu quero é meu pé de bogari!

Vicentão

Seu pé de bogari? Marieta, é? Eu não já disse que você pode ficar com ela? Eu quero é meu galo-de-campina!

Rosinha

Seu galo-de-campina? Marieta, é? Pode ficar com ela, eu quero é meu pé de bogari!

Benedito

Então vou matar você!

Vicentão e Rosinha

Ai!

Vicentão

Ai, não me mate não! Deixe eu viver, pra criar meu galinho-de-campina! Eu juro que não quero nada com Marieta, essa mulher não me interessa, quero é meu galo-de-campina! *(Como menino.)* Quero meu galo-de-campina!

Rosinha

Ah, não, Marieta é sua e o bogari é meu! Quero lá saber de mulher! Quero meu bogari!

Vicentão

Está muito enganado, a mulher é sua e o galo-de-campina é meu!

ROSINHA

    Isso não, fique com aquela desgraça e me dê o bogari que você me prometeu!

BENEDITO

    Você vai morrer, e quem vai matar sou eu!

VICENTÃO e ROSINHA

    Ai!

ROSINHA

    Ai, minha Nossa Senhora!

VICENTÃO

    Misericórdia, pelas cinco chagas de Cristo!

MARIETA

    Muito bem! Então são esses os dois valentes de Taperoá! Aí ajoelhados, inteiramente desmoralizados por Benedito!

VICENTÃO

    Por Benedito? Como?

BENEDITO

    Assim, com o revólver na cara de vocês dois! Falem aí, pra ver se não conto a todo mundo o cagaço de vocês!

VICENTÃO

    Não era você não, Rosinha?

ROSINHA

    Não!

BENEDITO

> Tratem de calar a boquinha, viu? Se essa história se espalha! Os dois valentões aqui, ajoelhados, pedindo misericórdia!

MARIETA

> E, ainda por cima, negociando a namorada, feito turco! Não estou pra isso não, viu? Vocês vão vender a mãe! E puxem todos dois por ali!

BENEDITO

> Até à vista, Borrote! Junte seu galo-de-campina com o bogari de Rosinha e sejam felizes! *(Os dois saem, estendendo o punho a BENEDITO.)* Bem, agora nós, Marieta! Fiz isso tudo por você e lhe dei uma amostra de minha coragem. Posso alimentar alguma esperança?

PEDRO

> Benedito, aconteceu um acaso verdadeiramente infeliz. Eu tinha sido noivo de Marieta, mas abandonei-a e ela se entregou a essa vida, aqui. Nós estávamos brigados, mas você mandou que eu ficasse aqui com ela, e, você sabe, naquela confusão...

BENEDITO

> Não! Não é possível!

PEDRO

> Naquela confusão, a gente se reconciliou. Agora, vou tomar a bênção a minha mãe e volto pra casar com ela.

BENEDITO

    Mas Marieta!

MARIETA

    Benedito, é o jeito: se Pedro não aparece, eu terminava me casando com você. Mas Pedro apareceu!

PEDRO

    Você não disse que todo plano seu dava numa falhazinha que acabava o resto?

BENEDITO

    Disse.

PEDRO

    Desta vez, a falhazinha fui eu!

Abaixam PEDRO e MARIETA.

BENEDITO

    Não tem jeito não, essa vida é um fiofó de vaca!

Cai desmaiado sobre o pano do mamulengo.
CHEIROSO e CHEIROSA entram pelo
palco, dançando e cantando.

CHEIROSO

    A vida traiu Rosinha,
    traiu Borrote também.

Ela trai a todos nós,
quando vamos, ela vem,
quando se acorda, adormece,
quando se dorme, estremece,
que a vida é morte também.

CHEIROSA

Os três procuraram tanto
sua coragem provar!
Perdeu-se a pouca que tinham
e a mulher, pra completar.
Provei que é inconveniente
ter a fama de valente,
difícil de carregar!

FIM DO PRIMEIRO ATO.

Segundo Ato

Com um pouco de música, a mesma da abertura — caso se adote o "terno" —, e com o pano fechado, entram os donos do mamulengo. Dentro, o pano e as estacas do mamulengo devem ter sido retirados. O cenário deve ser o mais simples possível: uma porta solta ou outra qualquer coisa desse tipo, para indicar a delegacia.

CHEIROSO

Na primeira peça mostrada, presenciaram alguns homens em sua ocupação habitual de disputar as mulheres e enganar os outros.

CHEIROSA

Também, meu filho, modéstia à parte, com uma dessa não há quem resista!

CHEIROSO

Os atores fingiram de bonecos, porque a história foi escrita com esse cunho popular do mamulengo nordestino. Agora, porém, representarão como gente, mas imitando bonecos, para indicar que, enquanto estivermos aqui na Terra, somos seres grosseiros, mecanizados, materializados. Tire o mamulengo, Cheirosa!

CHEIROSA

Ah, eu não sou lambaio de circo não! Tire você!

CHEIROSO

Vá logo, peste!

Dá-lhe um catolé.

CHEIROSA

Bem, se é assim com delicadeza, eu vou!

Entra pela abertura do pano.

CHEIROSO

Muito bem, com alguns dos atores já vistos, mostraremos: letra *a*: que os homens têm que viver com medo da polícia e do inferno; letra *b*: que, se não houvesse a justiça, os homens se despedaçariam entre si; letra *c*: que existem casos em que a justiça acerta seus julgamentos...

CHEIROSA

(Com a cabeça fora do pano.) E letra *d*: que esse sujeito é um chato!

CHEIROSO

Entra, lambaia! *(CHEIROSA desaparece.)* Vai começar a história de julgamento e justiça denominada "O Caso do Novilho Furtado". Fogo, Seu Manuel Campina!

Sai por um lado do palco e o pano abre. Dentro da delegacia, com a porta fechada, ajeitando o chão com um pano ou vassoura, está JOAQUIM.

JOAQUIM

>Atirei, não atirei,
>atirei, caiu no chão.
>Atirei naquela ingrata
>na raiz do coração:
>fui julgado e absolvido,
>mas não sei por que razão.
>Se furtei, se não furtei,
>ninguém pode decidir:
>não há porta que resista
>ou que não se possa abrir;
>não há ninguém que não caia:
>a questão é persistir.

Entra MATEUS e fala de fora da delegacia.

MATEUS

>Joaquim! Joaquim!

JOAQUIM

>*(Indo à porta.)* Você por aqui na delegacia a essa hora, meu irmão? Que há? Atiraram em você?

MATEUS

>Não!

JOAQUIM

>Você atirou em alguém?

MATEUS

> Não. Mas Seu Vicente Borrote vem por aí dar uma queixa de mim. Diz ele que eu roubei aquele novilho dele, filho de "Garça"!

JOAQUIM

> Um assim cabano, branco, meio selado, das orelhas arriadas?

MATEUS

> Não, é um novilho malhado, meio espácio, que manqueja da mão direita. É filho de Garça com Cacheado, aquele touro de Seu Dantas. O Cabo Rosinha está aí?

JOAQUIM

> Não, foi à rua.

MATEUS

> Então fique aí e veja se impede Seu Vicentão de falar com o delegado antes de mim. Eu vou buscar Benedito: ele é esperto e já foi vaqueiro de Seu Vicentão. Conhece as manhas dele e assim pode ser que dê um jeito nisso.

Sai. JOAQUIM tranca rapidamente a porta, que dá para a rua. VICENTÃO entra e para diante da delegacia.

VICENTÃO

> Uma vez eu peguei um cabra forte,
> um valente assassino e dei-lhe um talho,

dei-lhe um soco na amarra do chocalho
que o Sul do sujeito virou Norte;
com a minha peixeira dei-lhe um corte,
transformei em mulher esse rapaz:
pus a banda da frente para trás,
pus a banda de trás bem para a frente.
Desde então falou fino esse valente:
se tiver quem duvide, eu faço mais!

JOAQUIM

(Dentro da delegacia.)
Esse velho é safado e é um dos chefes
dos ladrões de cavalo do Sertão;
caloteiro, avarento e mau patrão,
só merece porradas e tabefes;
esse velho é da marca "quatro efes":
feio, frouxo, fuleiro e fedorento.
Fede mais que plastrada de jumento,
fede mais do que bode ou pai-de-lote,
fede mais do que fundo de garrote,
fede mais que sovaco de sargento.

VICENTÃO

(Batendo na porta.) Cabo Rosinha! Cabo Rosinha! É Vicentão!

JOAQUIM

(De dentro.) Seu Vicentão? O senhor está procurando Seu Vicentão, é? Espere aí que eu vou chamar.

VICENTÃO

Vai chamar? Que é isso, rapaz? Quem está aqui é Vicentão! É Vicentão!

JOAQUIM

Espere, que homem apressado danado! Eu não já disse que vou chamar Seu Vicentão?

VICENTÃO

Eu quero falar é com o delegado, o Cabo Rosinha!

JOAQUIM

O delegado não está aqui não, saiu.

VICENTÃO

E ele demora?

JOAQUIM

Eu acho que demora, ele foi ao Ceará!

VICENTÃO

E por que você não disse logo, idiota?

JOAQUIM

Porque o senhor não perguntou!

VICENTÃO

Olhe, seu cachorro, quando o Cabo Rosinha voltar do Ceará, você me paga essa: vou exigir que você seja demitido!

Vai saindo, mas encontra-se com ROSINHA, que vem entrando.

ROSINHA

> O que é que há, Vicentão?

VICENTÃO

> Você aqui, Cabo Rosinha? Você não tinha ido para o Ceará?

ROSINHA

> Eu?

VICENTÃO

> Esse camarada que está aí na delegacia disse que você tinha ido!

JOAQUIM, por dentro, tira a chave da porta e sai pelos fundos da delegacia, saindo de cena pé ante pé.

ROSINHA

> Que absurdo é esse? Joaquim! Joaquim!

JOAQUIM

> *(Aparecendo pela rua e cantando, inocente.)*
> Atirei, não atirei,
> atirei, caiu no chão.
> Atirei naquela ingrata
> na raiz do coração:
> fui julgado e absolvido
> mas não sei por que razão.
>
> Chamou, Seu Cabo?

ROSINHA

De onde vem você, homem?

JOAQUIM

Da rua. Fui ao bar, tomar um cafezinho!

VICENTÃO

É mentira! Agora eu entendo tudo: só podia ser você! Esse camarada foi morador meu e é irmão do meu vaqueiro Mateus! Isso só pode ser mentira sua! O que há, Cabo Rangel, é que meu vaqueiro Mateus, irmão desse sujeito, me roubou um novilho e eu vim dar queixa, para ver se, na cadeia, ele descobre tudo.

ROSINHA

Bem, Vicentão, uma acusação assim, sem fundamento, sem um fato bem seguro, sem nada mais, fica muito no ar. Você chega todo frio, não se abre, não mostra boa vontade... Como é que eu posso saber se a acusação é verdadeira?

VICENTÃO

Eu sou um fazendeiro, uma pessoa de certa ordem, e minha palavra não pode se trocar pela de meu vaqueiro! Além disso, eu tenho uma testemunha!

ROSINHA

Quem é?

VICENTÃO

> João Benício, aquele cantador.

ROSINHA

> Como é o nome do vaqueiro?

VICENTÃO

> Mateus, aquele ladrão!

ROSINHA

> Mateus de quê?

JOAQUIM

> Mateus das Cacimbas, mas ele não é ladrão coisa nenhuma, é meu irmão!

VICENTÃO

> E o que é que tem uma coisa a ver com outra? Ele pode ser ladrão e ser seu irmão. Aliás, a ruindade é de família!

ROSINHA

> Mas onde está a testemunha?

VICENTÃO

> Vou buscá-lo. Esse novilho eu não perco de jeito nenhum e aquele ladrão me paga! *(Sai.)*

ROSINHA

> Então seu irmão se virando com o gado do patrão, hein, Joaquim?

JOAQUIM

> Isso é mentira de Seu Vicentão, Seu Cabo! Seu Vicentão é mentiroso e amarrado, mas o defeito

pior dele é aquela amarração, aquela avareza! Seu Vicentão é incapaz de gastar um tostão com uma pessoa!

ROSINHA

(Decepcionado.) É assim, é?

JOAQUIM

Se é? O senhor não viu como ele chegou aqui todo frio, todo sem se abrir, todo sem mostrar boa vontade? Aquilo era com medo que o senhor pedisse alguma coisa a ele. Agora pergunto: que é que custava ele dar um dinheirinho ali à autoridade?

ROSINHA

Nada!

JOAQUIM

Mas Seu Vicentão Borrote é assim, não solta nada! Mas aí vem meu irmão! Olhe mesmo, Seu Cabo, e me diga se uma pessoa dessa pode roubar ninguém! Veja que carneiro gordo ele traz! Para que será, meu Deus?

Entram BENEDITO e MATEUS, este puxando um carneiro.

ROSINHA

O senhor é que é o vaqueiro Mateus das Cacimbas?

BENEDITO

    Rosinha, Rosinha velho! Como vai essa figura? Como vai essa figura da coragem e da honestidade?

ROSINHA

    (De mau humor.) Bem!

BENEDITO

    Ave Maria, que modos indelicados! Está esquecido do seu amigo Benedito? Está esquecido da minha generosidade, silenciando certas histórias que não ficam bem etc. etc. para a fama de coragem etc.?

ROSINHA

    Benedito, vá entrando e vá mandando! Alguma dificuldade? Algum problema com você?

BENEDITO

    Não, mas meu amigo Mateus, aqui, está sendo caluniado de maneira vergonhosa!

ROSINHA

    Eu sei: Vicente Borrote diz que ele lhe furtou um novilho!

BENEDITO

    Rosinha velho, esse mundo é tão complicado que nele é quase impossível descobrir o que é verdade e o que não é. Você não vai prender um cidadão honesto sem ter certeza do roubo!

ROSINHA

    Sim, mas é preciso provar que ele não roubou!

BENEDITO

Vamos pelos indícios! Mateus sempre foi honesto: nunca ninguém soube de roubo feito por ele.

ROSINHA

É sempre tempo de começar!

BENEDITO

Na família dele nunca houve um ladrão!

ROSINHA

Na de Lampião também nunca houve, mas ele mesmo roubava que só a peste!

BENEDITO

Mateus não cria bois, só cria bodes e carneiros. Aliás, ele trouxe esse carneiro e quer dá-lo a você, para os presos pobres de Taperoá.

ROSINHA

Agradeço pelos pobres presos de Taperoá! Obrigado, meu caro Mateus! Pode contar com a imparcialidade da justiça a seu favor! O que está ruim é que Vicentão Borrote arranjou uma testemunha contra você!

BENEDITO

Então está empate, porque eu arranjei outra a favor dele!

ROSINHA

Quem é?

BENEDITO

Padre Antônio.

ROSINHA

> Pois vá buscá-lo, Joaquim! Vá e volte, para ajudar seu irmão a sair dessa situação, humilhante e provavelmente injusta, em que ele se encontra!

Sai Joaquim e entram Vicentão, João Benício e Marieta, que é, como sempre, Cheirosa.

MARIETA

> Ai o chamego da menina,
> oxente, oxente,
> e ela dança e se requebra,
> oxente, oxente,
> e dá de banda e dá de frente,
> oxente, oxente,
> é um chamego indecente,
> oxente, oxente,
> e lagartixa come gente,
> oxente, oxente,
> e urubu dança com a gente,
> oxente, oxente!

JOÃO

> E eu vim pra ser depoente,
> oxente, oxente,
> ai, que o réu está presente,
> oxente, oxente,

esse sujeito é delinquente,

oxente, oxente,

eu digo ao Cabo e ao Tenente,

oxente, oxente,

e Marieta é conferente,

oxente, oxente,

e no chamego ela é valente,

oxente, oxente!

Oxente, oxente!

Oxente, oxente!

VICENTÃO

Meu caro Rosinha...

ROSINHA

Rosinha o quê? Que intimidade é essa para o lado da autoridade?

VICENTÃO

Mas, Cabo Rangel, eu...

ROSINHA

Você pensa que, pelo simples fato de ser rico, eu vou protegê-lo, é? Está muito enganado! O costume, agora, é esse: um fazendeiro quer botar um morador pra fora, acusa logo o pobre de roubo, para facilitar a expulsão! Mas a autoridade não pode, nem quer, ser cúmplice desses abusos! Roubou, está certo! Não roubou, o acusador fica preso!

VICENTÃO

    Minha Nossa Senhora, o que foi que deu nele?

MARIETA

    Foi Benedito! Ele trouxe aquele carneiro para o cabo! É preciso dar dinheiro também!

JOÃO

    O costume é dizer que é para os presos pobres.

VICENTÃO

    Seja, se é preciso! Meu caro Cabo Rangel, tenho observado a verdadeira penúria em que se encontram os presos pobres de Taperoá!

BENEDITO

    (Preocupado.) Danou-se!

VICENTÃO

    Gostaria de lhe dar quinhentos mil-réis para ajudá-los. Tome!

ROSINHA

    (Depois de receber.) Muito bem, senhores, a autoridade está pronta! Absolutamente imparcial, disposta a esclarecer se houve *engano* da parte do senhor fazendeiro Vicente Gabão, ou se houve *algum descuido* da parte do honrado cidadão, vaqueiro Mateus das Cacimbas!

BENEDITO

    (A MARIETA.)
    Essa você me paga, peste!

Marieta

    Você não me deixou?

Benedito

    Oi, você não estava noiva? Onde anda o noivo, que não aparece?

Marieta

    Está na casa da mãe!

Benedito

    Minha testemunha chegou!

Entram PADRE ANTÔNIO e JOAQUIM. O padre é velho e surdo.

Vicentão

    Padre Antônio, disseram aqui que o senhor vai testemunhar contra mim!

Padre Antônio

    Contra a mãe? A mãe de quem?

Vicentão

    Contra mim! Vai?

Padre Antônio

    (Apontando MATEUS.) A favor dele!

Rosinha

    O senhor tem alguma coisa a dizer em favor de Mateus?

PADRE ANTÔNIO

    Mateus? Conheço, é esse aqui!

ROSINHA

    Mas ele roubou o novilho?

VICENTÃO

    Roubou, João Benício viu!

BENEDITO

    Você viu Mateus roubar o novilho, João?

MARIETA

    Não, mas viu quando ele passou, tangendo o novilho!

BENEDITO

    Não se meta não, viu?

MARIETA

    Eu não vi porque estava de costas, mas João viu!

BENEDITO

    Você estava com ela, João?

JOÃO

    Estava, foi na quinta-feira.

BENEDITO

    Em que dia você vem trazer gado aqui, Mateus?

MATEUS

    Na quinta.

VICENTÃO

    É, e foi na quinta que desapareceu meu novilho! E foi na quinta que João viu esse ladrão passar com ele!

BENEDITO

    De que cor era o novilho que você viu Mateus tangendo, João?

JOÃO

    Era malhado!

BENEDITO

    Com mais malhas brancas do que pretas, ou com mais malhas pretas do que brancas?

JOÃO

    Com mais brancas.

BENEDITO

    Não era o contrário não, João?

JOÃO

    Eu sei lá! Quem disse a você que eu medi as malhas?

BENEDITO

    Mas você tem certeza de que era um novilho malhado de preto e branco?

JOÃO

    Ah, isso tenho!

BENEDITO

    Então pode soltar o preso, Seu Cabo, porque o novilho de Garça é malhado de castanho e branco!

VICENTÃO

    Você já vem com suas confusões!

BENEDITO

Quem está com confusão é você, que, num caso de novilho castanho, trouxe uma testemunha de novilho preto!

VICENTÃO

João pode ter se enganado!

ROSINHA

Você tem certeza de que as malhas eram pretas, João?

JOÃO

Não, claro que não!

MARIETA

Ele podia lá prestar atenção a essas coisas com uma mulher como eu perto! Sabe que o novilho era malhado, mas, se as malhas eram castanhas ou pretas, não reparou direito!

BENEDITO

Se não reparou direito, como é que vem servir de testemunha?

VICENTÃO

Como é, João? Você viu mesmo ou não viu?

JOÃO

Vi!

BENEDITO

E como é que não sabe a cor das malhas?

JOÃO

Já disse que não sei! Estava de longe e vi somente que era um novilho malhado!

BENEDITO

Estava de longe? Onde foi que você viu Mateus?

MARIETA

Na rua.

BENEDITO

Tangendo o novilho?

MARIETA

Sim, como quem ia para a casa do Doutor Abdias, na estrada do Teixeira!

BENEDITO

Calma! Se foi assim como Marieta disse, foi na Rua Grande. Como é que você viu Mateus de longe, se a rua é estreita, João? Mesmo que ele tivesse passado na outra calçada, era coisa de uns quinze metros. Ora, ninguém tange gado pela calçada, ele deve ter vindo pelo meio da rua. Quantos metros dá na sua tabuada, Cabo Rosinha?

ROSINHA

Uns cinco!

BENEDITO

Certo! Dava pra ver perfeitamente: o novilho, as malhas, tudo!

MARIETA

>Mas não foi na rua não, foi na praça!

BENEDITO

>Na praça? Afinal de contas, onde era que vocês estavam?

MARIETA

>No sobrado de Seu Tagi.

BENEDITO

>Em cima ou embaixo?

MARIETA

>Embaixo.

BENEDITO

>Oi, embaixo? Embaixo é o bar de Seu Sebastião!

JOÃO

>Pois era lá mesmo, no bar, que a gente estava, eu, Marieta e uns camaradas, conversando. Nisso, fui olhando para o lado do Correio, e vi quando Mateus passou, tangendo um novilho malhado!

VICENTÃO

>Está vendo?

BENEDITO

>Eu não estou vendo coisa nenhuma, se João estava no bar, estava bêbado!

JOÃO

>Eu?

Benedito

    Vocês estavam bebendo ou não?

João

    Estávamos, mas eu estava com meu juízo perfeito!

Benedito

    João, gosto muito de você, gosto muito de ouvir você cantar na viola! Mas tenho que lhe ser franco: você bebe!

Marieta

    E o que é que tem isso?

Benedito

    Nada, minha filha, mas, para testemunha, não serve. Bebida é o diabo!

Vicentão

    Você vai se desmoralizar assim, João? Benedito está dizendo que você é um bêbado!

Benedito

    Disse somente que ele bebia, é muito diferente! E não vejo desmoralização nenhuma nisso, eu também bebo!

Vicentão

    E como é que está aqui falando? Seu defeito é o mesmo dele!

Benedito

    Mas acontece que eu não sou testemunha! A testemunha de Mateus é Padre Antônio, e você não vai dizer que ele bebe! Está aí: é a palavra de um que bebe contra um que não bebe, um cantador contra um sacerdote!

ROSINHA

Padre Antônio! O que nós queremos saber do senhor é o furto do novilho!

PADRE ANTÔNIO

Do novilho? Furtado por quem?

BENEDITO

Diz Borrote que foi por Mateus.

PADRE ANTÔNIO

É mentira, Mateus não furtou novilho nenhum!

ROSINHA

Como é que o senhor sabe?

PADRE ANTÔNIO

Benedito me disse, não foi na quinta-feira o furto?

JOAQUIM

Foi.

PADRE ANTÔNIO

Então não foi Mateus não, tenho certeza!

BENEDITO

Aí está: a palavra de um homem de bem, de um sacerdote, de um padre que é um modelo de virtude!

VICENTÃO

Você não disse que foi engano de João? Pois o mesmo digo eu do padre!

BENEDITO

    Padre Antônio é bêbado, é?

VICENTÃO

    Não, mas é mouco e está ficando caduco!

BENEDITO

    Padre Antônio, Vicente Borrote está dizendo que o senhor é mouco e caduco!

PADRE ANTÔNIO

    O quê, Borrote?

VICENTÃO

    O que disse foi que o senhor está velho!

PADRE ANTÔNIO

    Mais velho do que eu é sua mãe! *(Gesto de VICENTÃO.)* E, no entanto, é uma senhora de bem! O defeito dela só foi parir um cachorro como você, mas isso acontece!

BENEDITO

    Essa foi a maior, rá, rá, rá! Esse padre sempre foi dos meus: bondoso, virtuoso, mas engraçado como o diabo!

JOAQUIM

    E ele sabe a história do novilho!

BENEDITO

    Está ouvindo, Padre Antônio? O novilho foi roubado na quinta-feira, aqui, e estão dizendo que foi Mateus!

PADRE ANTÔNIO

Não pode ter sido não: na quinta, Mateus passou o dia comigo, em São José dos Cordeiros!

BENEDITO

Que foi que ele foi fazer lá, Padre Antônio?

PADRE ANTÔNIO

Foi se confessar e ficou me ajudando num enterro de caridade.

VICENTÃO

Olhe lá! Qual era o pecado que ele tinha na consciência, mesmo no dia em que o novilho desapareceu? Por que ele foi se confessar?

BENEDITO

Eita! *(Persigna-se.)* Em nome do Pai, do Filho e do Espírito Santo, Amém!

PADRE ANTÔNIO

O que foi?

BENEDITO

É Borrote que quer que o senhor descubra o que Mateus confessou! Quer obrigar o senhor a desrespeitar o segredo de confissão!

PADRE ANTÔNIO

O quê, herege? Vocês podem me matar, que eu não digo!

VICENTÃO

Isso é uma desgraça!

PADRE ANTÔNIO

O que eu digo, sustento; ele estava em São José dos Cordeiros! Agora, dizer o que ele confessou, isso nem morto!

BENEDITO

(Com a música da "gemedeira".)

E assim fica provado
que Mateus nunca roubou.
O ladrão não está aqui,
Seu Borrote se enganou:
ladrão, Vicente Borrote,
     ai-ai, rum-rum!
é a mãe de quem chamou!

ROSINHA

É, o caso parece resolvido, Vicentão! Você mesmo sabe que Padre Antônio é incapaz de mentir!

MARIETA

Eu também sei, mas como é que João viu Mateus passar aqui, na quinta-feira, tangendo um novilho?

BENEDITO

Digo já, quer ver uma coisa? Que dia do mês foi aquela quinta, João?

JOÃO

Eu sei lá!

BENEDITO

E quanto do mês é hoje?

João

　　Sei lá!

Benedito

　　Está vendo? Você é um poeta, vive no mundo da lua! Você viu mesmo Mateus tangendo um novilho. Só tem que nem foi nessa quinta-feira, nem era o filho de Garça!

João

　　Terá sido engano mesmo, minha Nossa Senhora?

Rosinha

　　É, Vicentão, com a palavra de Padre Antônio...

Vicentão

　　Está tudo muito bem! Padre Antônio é um santo, João bebe, Mateus é incapaz de fazer um furto, todo mundo tem razão! Agora só tem uma coisa: onde está o novilho malhado?

Benedito

　　O novilho?

Vicentão

　　Sim, seu trapaceiro! Meu novilho existia: desapareceu e você provou que ele não foi roubado! Então me diga: onde está ele?

Benedito

　　Morto!

Vicentão

　　Quem matou?

BENEDITO

　　Seu Biu Buchudo, do açougue! A essas horas, deve estar passeando pelas tripas de todos nós!

VICENTÃO

　　Com ordem de quem mataram meu novilho?

BENEDITO

　　Sua e da Prefeitura!

VICENTÃO

　　Você está louco! Eu nunca mandei o filho de Garça para o açougue!

BENEDITO

　　Mandou! O novilho era malhado, filho de Garça: Mateus recebeu ordem sua para trazê-lo para o açougue e trouxe!

VICENTÃO

　　Quando?

BENEDITO

　　Na quinta-feira!

JOÃO

　　Na quinta?

BENEDITO

　　Sim, você tem razão, foi Mateus quem passou na quinta, tangendo o novilho!

JOÃO

　　Está vendo? Poeta, uma ova!

Rosinha

　　Mas, espere: Padre Antônio não disse que ele estava em São José dos Cordeiros?

Benedito

　　Foi engano do padre, isso foi na outra quinta! Fui eu que meti na cabeça do padre que tinha sido na desta semana! Como ele está velhinho, se atrapalhou!

Vicentão

　　Está vendo? Foi tudo trapaça desse moleque!

Benedito

　　Calma, viu, Vicentão? Deixe de brabeza pra meu lado, que eu já sei quem é você, viu? O fato é que eu precisava de uma autoridade para impressionar, senão ninguém ouviria Mateus. Mas o que ele fez foi cumprir sua ordem: trouxe o novilho e mandou matar!

Vicentão

　　Eu morra se mandei matar esse novilho!

Benedito

　　A licença e o recibo estão aqui, Mateus tirou uma certidão na Prefeitura! Está vendo, Vicentão? Está vendo, Cabo Rosinha? Está tudo em ordem ou não? "Um novilho malhado, filho de Garça e Cacheado, pertencente a Vicente Gabão." Estão vendo? Estão vendo como são as coisas? Vicentão pensou que o novilho vendido tinha sido roubado: enganou-se! João viu Mateus passar com o novilho; com um pouquinho de areia que eu joguei nos olhos dele, duvidou do que tinha visto: enganou-se! Padre Antônio esteve com Mateus numa quinta, pensou que fosse na outra: enganou-se! E o Cabo Rosinha acreditou nele, só porque era um padre: enganou-se! Pensem um pouco nisso antes de julgar os outros, e, sobretudo, antes de acusar alguém de roubo com tanta leviandade!

VICENTÃO

Guarde sua moral para outro, viu?

MARIETA

Você vem comigo, João?

JOÃO

Vou, "Rói-Couro" é comigo! Benedito, aqui pra nós, essa foi a maior!

Marieta, lava teus beiços!

MARIETA

Eu não, que meu beiço dói!

JOÃO

Pois passa banha de porco!

MARIETA

Eu não, que a barata rói!

AMBOS

Eu não, que a barata,
eu não, que a barata,
eu não, que a barata rói!

>   Eu não, que a barata,
>   eu não, que a barata,
>   eu não, que a barata rói!

JOÃO
>   Marieta, lava teu bucho!

MARIETA
>   Eu não, que meu bucho dói!

JOÃO
>   Pois passa banha de porco!

MARIETA
>   Eu não, que a barata rói!

AMBOS
>   Eu não, que a barata,
>   eu não, que a barata,
>   eu não que a barata rói!
>   Eu não, que a barata,
>   eu não, que a barata,
>   eu não, que a barata rói!

JOÃO
>   Marieta, espicha o pixete!

MARIETA
>   Eu não, que ele arde e dói!

JOÃO
>   Pois passa banha de porco!

Marieta

> Eu não, que a barata rói!

Ambos

> Eu não, que a barata,
> eu não, que a barata,
> eu não, que a barata rói!
> Eu não, que a barata,
> eu não, que a barata,
> eu não, que a barata rói!

Saem, com Vicentão.

Joaquim

> Muito bem! Tudo está resolvido, e o cabo convida a todos para um cafezinho na delegacia!

Padre Antônio

> Um café? E o furto?

Joaquim

> Não houve furto nenhum, Padre Antônio: ficou tudo esclarecido!

Padre Antônio

> Eu não disse? Viu o que foi um depoimento? Você deve sua liberdade a mim, Mateus! Venha, Cabo Rosinha, vamos ao café!

Joaquim, Rosinha e o padre entram na delegacia.

MATEUS

> Benedito, obrigado! Você me salvou da cadeia!

BENEDITO

> Eu? Que nada! O que salvou você foi a licença!

MATEUS

> Terá sido mesmo? A certidão é de hoje, mas você olhou a data da licença, Benedito?

BENEDITO

> *(Boquiaberto.)* É do ano passado! Que história é essa? Aqui não diz que é um novilho malhado, filho de Garça e de Cacheado?

MATEUS

> Diz. Todos os filhos de Garça com Cacheado são malhados! Eu me lembrei que Seu Vicentão tinha mandado um deles para o açougue no ano passado, fui à Prefeitura e tirei, com data de hoje, certidão da licença do ano passado.

BENEDITO

> Quer dizer que o novilho furtado foi outro filho de Garça, também malhado?

MATEUS

> Foi!

BENEDITO

> E você teve coragem de trazer como prova uma licença atrasada?

MATEUS

Era melhor do que não trazer prova nenhuma, não era? Eu resolvi arriscar! A data da certidão era de hoje: no meio da confusão que você ia fazer, era bem possível que ninguém visse que a licença era do ano passado! E foi o que aconteceu!

BENEDITO

Você podia ter, pelo menos, me avisado, miserável!

MATEUS

Se eu tivesse avisado, você teria sangue-frio pra tudo aquilo?

BENEDITO

Acho que não!

MATEUS

Está vendo? Era preciso um, para fazer a confusão, e outro, para saber a história! Felizmente, tudo terminou bem.

BENEDITO

É, tudo terminou bem! Mas agora, eu pergunto, como Borrote: e onde está o novilho malhado?

MATEUS

Sei lá! Deve estar perdido por aí, extraviado em algum cercado! Perde-se tanta coisa por esse mundo velho, Benedito!

BENEDITO

É mesmo! Até gente, quanto mais novilho!

Voltam Joaquim, Padre Antônio e o Cabo Rosinha.

ROSINHA

(Na solfa do "martelo".)
Eu pegando um valente, ele faz tudo:
se eu mandar que se espante, ele se espanta;
se eu mandar que ele cante, dança e canta;
se eu mandar que não ouça, fica surdo;
se eu mandar que não fale, fica mudo;
sou distinto, decente, autoridade!
Garantia da lei nesta cidade,
ladroeira comigo vai na peia:
quando dou um tabefe, a queda é feia,
sempre ao lado do bem e da verdade!

PADRE ANTÔNIO

(Idem.)
Esse homem foi comer manga-jasmim:
mas com tanta ganância e alvoroço
que, na pressa, engoliu mesmo o caroço!
Mas disse a todo mundo: "é bom assim"!
Logo a dor apertou: ele achou ruim,
bem num pé-de-parede fez escora.
Espremeu-se, lutou bem meia-hora
e botou tanta força que tossiu:

o certo é que o caroço escapuliu,
mas o fundo da calça voou fora!

ROSINHA

Muito bem, Seu Mateus, de outra vez trate de ser mais
cuidadoso! Anote as ordens do patrão, peça tudo
por escrito! Você ia se desgraçando por falta de um
documento. Se não fosse a certidão, hein?

BENEDITO

É o que eu vivo dizendo: uma certidão, é sempre uma
garantia!

ROSINHA

O povo fala das repartições, mas o fato é que os
documentos servem pelo menos para provar as coisas!
Que garantia e que ordem haveria no mundo, sem isso?

MATEUS

Quer dizer que estou livre! Então, adeus! Meu irmão,
até à vista e obrigado!

BENEDITO

Vou com você, Mateus!

Saem BENEDITO e MATEUS.

ROSINHA

Que coisa, hein, Padre Antônio? Ia botando um
inocente na cadeia! Mas eu já estava desconfiado da
inocência dele!

PADRE ANTÔNIO

Ah, foi? Por quê?

ROSINHA

Com essa profissão minha, a gente termina conhecendo os criminosos e os inocentes pela cara. Mateus tem cara de tudo, menos de ladrão!

PADRE ANTÔNIO

Você está enganado, ele roubou!

ROSINHA

O novilho?

PADRE ANTÔNIO

Um carneiro! Aquele carneiro que ele deu a você foi furtado de Vicente Borrote. Você olhou as orelhas do carneiro?

ROSINHA

Não.

PADRE ANTÔNIO

A direita está assinada com o sinal de Mateus, um "buraco-de-bala". Mas a esquerda foi cortada, para apagar o de Vicentão, que é uma "mossa por cima", em forma de V. Cortaram, mas aparece ainda um pedaço, o finzinho do corte.

ROSINHA

Não é possível!

PADRE ANTÔNIO

Pode ter certeza, meu filho: de outra coisa pode ser que não, mas de sinal de orelha eu entendo! Aquele, eu tenho certeza que teve sinal mudado!

ROSINHA

E como é que Vicentão não notou?

PADRE ANTÔNIO

Com sentido no novilho que não tinha sido furtado, deixou de prestar atenção ao carneiro que tinha! Você está na obrigação de esclarecer o caso e devolver o carneiro!

ROSINHA

Ah, não! Assim tem que começar tudo de novo! Devolver meu carneiro, era o que faltava!

PADRE ANTÔNIO

E sua obrigação não é essa? Se é preciso começar, comece e deixe de conversa! Adeus, Cabo Rosinha: tenho o que fazer, vou indo. *(Sai.)*

ROSINHA

Você ouviu? O que é que acha desse negócio do carneiro?

JOAQUIM

Eu, se fosse o senhor, deixava isso de lado! Padre Antônio está é caduco!

Rosinha

> É exatamente o que eu estava pensando: isso é caduquice, não tem pra onde! Eu é que não vou me meter onde não fui chamado! A queixa que recebi foi de novilho, de carneiro, não! E, se não houve queixa de carneiro, é porque não há furto de carneiro. Diga a seu irmão que pode ficar descansado!

Joaquim

> E se o padre bradar, Seu Cabo?

Rosinha

> Ah, que nada! O padre, a essa hora, já está esquecido: está inteiramente caduco, o pobre do velho!

Joaquim

> Pois, então, Seu Cabo, aproveito para me despedir do senhor. Vou para Campina, cansei de ficar aqui aguentando seca. Eu tinha resolvido ir, hoje Seu Joca me deu a passagem no caminhão dele e resolvi aproveitar. Adeus, Seu Cabo!

Rosinha

> Adeus, Joaquim! Quando você voltar, eu lhe pago o que lhe devo!

Sai. Entra Benedito.

BENEDITO

    Joaquim, Padre Antônio disse que o cabo queria falar de novo com Mateus. Inda é por causa do novilho?

JOAQUIM

    Não, agora é um carneiro! Diz ele que esse carneiro que vocês trouxeram foi furtado de Seu Vicentão Borrote. Terá sido?

BENEDITO

    Homem, quer saber do que mais? Nós estamos entre amigos, de modo que posso dizer: foi mesmo! Mateus precisava dar alguma coisa ao cabo, senão seria preso! Aí pensou assim: "Se foi Borrote que deu a queixa, Borrote que financie o processo." Aí passou a mão no carneiro e trouxe para dar ao cabo. Estamos certos?

JOAQUIM

    Demais! E diga a Mateus que pode ficar tranquilo: o cabo, para não devolver o carneiro, disse que tudo era caduquice de Padre Antônio!

BENEDITO

    Eu só lamento é termos feito tanta força para terminar dando lucro ao Cabo Rosinha! Se ao menos o carneiro tivesse ficado pra você...

JOAQUIM

    Bem, se seu desgosto é esse, pode ficar descansado: eu não tive prejuízo nenhum; vou para Campina e tenho com que começar minha vida lá! Vou-me embora antes que descubram!

BENEDITO

Que descubram o quê?

JOAQUIM

Quem roubou o novilho malhado fui eu!

BENEDITO

O quê, homem?

JOAQUIM

Deus escreve certo por linhas tortas!

BENEDITO

Mesmo quando a linha torta é um roubo de novilho malhado?

JOAQUIM

Quem sabe, Benedito? Seu Vicentão me botou pra fora da terra dele e não quis me pagar nem a meia do algodão que eu deixei lá! Na quinta, o novilho malhado apareceu por aqui, desgarrado, certamente acompanhando o outro que você vinha trazendo para o açougue: eu dei uma volta por trás do Correio, tangi o bicho e vendi a uns boiadeiros de São João do Cariri que passaram pela estrada. Assim, cobrei o preço do meu algodão. Seu Vicentão Borrote moveu esse processo, mas perdeu e eu não tive que pagar nem as custas, porque vocês se encarregaram de tudo e o carneiro foi dele!

BENEDITO

    Quer dizer que tudo terminou se engrenando e a justiça foi feita...

JOAQUIM

    É verdade! Por engano e à força, mas o fato é que terminou se fazendo. Adeus!

BENEDITO, tendo dado as costas para ele, JOAQUIM, num gesto de palhaço de circo, encosta o traseiro no do amigo.

BENEDITO

    Oi, e adeus agora é assim, é?

JOAQUIM

    Depois da justiça feita,
    meu amigo é meu irmão.
    A paz se restabelece,
    a ordem volta no mundo
    e tem que ser desse jeito:
    coração com coração!

Saem. Entram CHEIROSO e CHEIROSA, dançando e cantando.

CHEIROSO

    Vida esquisita esta nossa,
    justiça limpa, a do mundo!

Diz-se do mar que ele é claro:
ninguém sabe a cor do fundo.
Chamei a peça de "Caso":
mas foi esse um nome *raso*,
precisava um mais profundo!

CHEIROSA

Se cada qual tem seu crime,
seu proveito, perda e dano,
cada qual seu testemunho,
se cada qual tem seu plano,
a marca, mesmo, da peça
devia ter sido essa
de *Justiça por Engano*!

FIM DO SEGUNDO ATO.

Terceiro Ato

O cenário pode ser o mesmo do segundo ato, ou então apenas a rotunda que lhe servia de fundo. Com o pano ainda fechado, aparecem CHEIROSO e CHEIROSA.

CHEIROSO

> Muito bem, respeitável público! Afinal de contas, seja pela porta da frente, seja por portas travessas, o fato é que a justiça se faz! E se é possível ver isso agora que nós somos cegos, quanto mais depois, quando tivermos bons olhos para enxergar! É de certa forma o que quero dizer, ao anunciar que, agora, vamos representar como gente! E, modéstia à parte, desta vez eu entro diretamente no jogo para representar o papel do Cristo!

CHEIROSA

> Deixe eu fazer o papel dele, deixe!

CHEIROSO

> Eu não digo! Você não é mulher, Cheirosa?

CHEIROSA

> Mas eu quero, eu sou estrela, eu sou vedete!

CHEIROSO

> Não pode ser não!

CHEIROSA

> Então eu não entro mais nesta porcaria desse terceiro ato, e como ninguém sabe meu papel, estrago seu espetáculo!

Cheiroso

Ah, não faça isso não! O terceiro ato é ótimo, Marieta tem um papel maravilhoso nele!

Cheirosa

O papel é grande?

Cheiroso

É enorme! Você fala muito, aparece muito!

Cheirosa

Ah, então eu quero! Mas eu quero lhe avisar uma coisa: nesse seu terceiro ato tem Cristo?

Cheiroso

Tem.

Cheirosa

E ele se passa no céu, é?

Cheiroso

É por ali por perto!

Cheirosa

Pois vão dizer que você não tem mais imaginação e que só sabe fazer, agora, o *Auto da Compadecida*.

Cheiroso

Isso é fácil de resolver: na próxima peça, em vez de o personagem ser sabido, é besta, e, no terceiro ato, em vez de tudo se passar no céu, se passa no inferno. Aí eu quero ver o que é que eles vão dizer!

CHEIROSA

> É mesmo, é até fácil! Pois vamos à peça! O que é que você está comendo aí?

CHEIROSO

> É um pedaço de pão e um resto de vinho que me deram: significa já a Ceia da Quinta-Feira Santa. Mas a peça se passa na Sexta, dia da morte do Cristo.

CHEIROSA

> Que episódios você escolheu para evocar essa morte?

CHEIROSO

> A negação de Pedro, o beijo do jardim, alguma coisa do julgamento e a morte. Acho que basta.

CHEIROSA

> E a morte dos personagens?

CHEIROSO

> Eu vou apagando esta luz aqui: cada vez que apago, é um morto. Agora me diga uma coisa: você acha que eu convenço, como Cristo?

CHEIROSA

> Era o que faltava! O Cristo veio como carpinteiro, que era uma coisa melhor, ninguém acreditou que ele era filho de Deus, quanto mais aparecendo como dono de mamulengo!

CHEIROSO

> Mas não é isso o que ele é? Não é Deus o dono do mamulengo?

CHEIROSA

> É, se bem que toda vez que você me fale nisso, eu me lembro do ditado que o povo diz: "Se o mundo fosse bom, o dono morava nele!"

CHEIROSO

> Então vamos fazer o seguinte: eu deixo este manto aqui; se ninguém me levar mesmo a sério, eu lhe faço um sinal e você coloca o manto em meus ombros. Um manto é sempre um manto: dá ideia de importância e dignidade. Assim, pode ser que me ouçam. Muito bem, respeitável público! Com essa providência para o espetáculo, vamos ver se consigo acentuar a extraordinária significação da virtude da esperança. Sempre me impressionou a tremenda importância que se dá ao desespero! Está certo, mas, se é assim, se o desespero é coisa tão grave, a esperança deve ser algo de virtude maravilhosa, pois é o contrário dele. Foi este o assunto que escolhi para dar uma ideia de que é o absurdo e o disparate do mundo...

CHEIROSA

> *(Para o público.)* Se eu não interromper, ele não para não! "Auto da Virtude da Esperança"! Mete os peitos, Seu Manuel Campina!

O *"terno" entra com a música da canção popular que se segue. Sai* CHEIROSA. *A luz se apaga. No escuro, entra VICENTÃO e se ajoelha. A luz acende. CHEIROSO vai até a lâmpada a que se referiu, apaga-a e esconde-se num lugar qualquer. Pela porta que servia, antes, à delegacia, entra BENEDITO.*

BENEDITO

Quero bem, quero bem,
pass'o preto, anumará!
Eu quero bem pra te amar,
pass'o preto, anumará!
Quero bem, quero bem,
pass'o preto, anumará!
Eu quero bem pra te amar,
pass'o preto, anumará!

Monto na sela,
galopo, levo uma queda,
caio de cara na pedra,
sinto a cabeça estalar:
bati a bota,
estiquei, bateu meu sino,
sou defôncio, sou delfino,
fui despachado pra cá!

Quero bem, quero bem,
pass'o preto, anumará!

Eu quero bem pra te amar,
pass'o preto, anumará!
Quero bem, quero bem,
pass'o preto, anumará!
Eu quero bem pra te amar,
pass'o preto, anumará!

VICENTÃO

Benedito!

BENEDITO

Um homem rezando! Quem é?

VICENTÃO

Estarei assim tão mudado que nem Benedito me reconhece?

BENEDITO

Vicentão Borrote! Não é possível, devo estar enganado!

VICENTÃO

Sou Vicentão, sim! Por que esse espanto todo?

BENEDITO

Meu Deus, o defunto fala!

VICENTÃO

O defunto?

BENEDITO

O defunto, sim! Você morreu: como é que está aqui, falando comigo?

VICENTÃO

Eu morri o quê? Veja como fala, viu? A morte é uma desmoralização! Eu sou lá homem que morra! Que história é essa?

BENEDITO

Que história é essa é que você empacotou e agora está aqui!

VICENTÃO

Nada disso, nada de morrer! Eu me lembro muito bem que fui levantar uma cerca que os Nunes tinham arrombado!

BENEDITO

Pois foi mesmo aí que morreu!

VICENTÃO

Eu não digo? Eu, morrer! Era o que faltava! Só se fosse despacho que alguém me fizesse, com inveja de minha coragem e de minha riqueza!

BENEDITO

Nada de despacho! Morreu da pior doença que pode dar num cristão!

VICENTÃO

Qual foi, pereba?

BENEDITO

Não!

VICENTÃO

Espinhela caída?

BENEDITO

    Não!

VICENTÃO

    Então foi cachorro-da-molest'a!

BENEDITO

    Foi não!

VICENTÃO

    Nesse caso, que diabo de doença foi? Pior, só conheço gota-serena! Foi essa?

BENEDITO

    Não! Foi desgosto!

VICENTÃO

    Morri de desgosto? Desgosto por quê?

BENEDITO

    Por causa de seis balas que levou no pé-do-ouvido e de uma facada no coração!

VICENTÃO

    Também, com uma dessa, qualquer pessoa se desgosta!

BENEDITO

    As balas cortaram-lhe o pescoço e a cabeça saltou fora. Os intestinos deixaram escapar matérias tóxicas, que penetraram na corrente venosa e arterial, causando uma espécie de infecção generalizada. Os músculos, abalados por tais acontecimentos lutuosos, estavam se desligando dos ossos, o que repercutia de maneira desastrosa nos humores do líquido encefalorraquidiano. Nesse momento exato, com toda calma, enfiaram duzentos mil-réis de aço penetrante e cortante no seu infarto do miocárdio. Isso tudo foi lhe dando aquele desgosto, aquele desgosto, e você morreu!

VICENTÃO

Eu sempre fui assim, tão sensível! Qualquer coisinha me contrariava, qualquer besteirinha me dava um desgosto! Quer dizer que me mataram?

BENEDITO

Já está defunto e enterrado!

VICENTÃO

Socorro! Estão me matando! Fui assassinado!

BENEDITO

É caso sem jeito, Vicentão! Os Nunes lhe deram suas contas e despacharam você, bem despachado!

VICENTÃO

E tudo isso por causa de uma besteira de terra que não me adiantava nada!

BENEDITO

Em compensação, sua mulher e seus filhos choraram muito o defunto!

VICENTÃO

Ô compensação besta, meu Deus! Pelo menos choraram muito tempo?

BENEDITO

    Nada, eles choraram ali um pedaço, mas pararam logo, para discutir.

VICENTÃO

    Para discutir? O quê? Ah, já sei, queriam assegurar meu descanso eterno! Santa família! Com certeza estavam resolvendo minha missa de sétimo dia, não foi?

BENEDITO

    Foi nada! Era o inventário!

VICENTÃO

    Familiazinha safada!

BENEDITO

    É isso, meu velho! Por que foi se meter em questões de terra? Por que essa ganância de enriquecer mais, já tendo nascido rico? E, pior ainda, por que foi nascer? Quem nasce, morre!

VICENTÃO

    Estou assim como quem vê de dentro o que, antes, só via de fora! Agora, só não posso me acostumar é com isso de estar morto! Quando penso que a estas horas já sou assombração!

BENEDITO

    Isso não o impede de estar aí do mesmo jeito! A faca, as botas, o chapéu, cinturão de cartucheira, rebenque, a carteira cheia de dinheiro... Tudo de couro! Você, por castigo, morreu encourado, do mesmo jeito que viveu! Só vivia coberto de couro, e sua alma era de couro: couro duro e grosso, por dentro e por fora!

VICENTÃO

E o que é que isso tem a ver com minha morte?

BENEDITO

(Rindo.) Você não morreu com seis balas no couro?

VICENTÃO

(Imitando seu riso.) Se é por isso, você veste muito mais couro do que eu!

BENEDITO

O couro que eu visto é das vacas que eu tangia dia e noite quando era seu vaqueiro. É a roupa do meu trabalho e do meu suor! O seu é diferente!

VICENTÃO

Você está falando com tanta hostilidade! Parece até que é meu inimigo!

BENEDITO

Então? O que é que você esperava? Queria bem que eu fosse seu amigo!

VICENTÃO

Você não sabe os apertos que eu tenho passado com a seca!

BENEDITO

A única coisa que eu sei é que você andava de carro, e eu, a pé.

VICENTÃO

O banco cortou-me os créditos: nem um tostão emprestado!

BENEDITO

Isso é problema de rico!

VICENTÃO

As companhias estrangeiras tomaram conta do mercado do algodão e da mamona. Começaram aliadas, comprando mais caro do que todo mundo. Os sertanejos que tinham máquinas de beneficiar faliram todos. Então a tática mudou: agora são elas que determinam os preços!

BENEDITO

Isso é problema de rico! Por que consentiram nisso?

VICENTÃO

Que é que eu podia fazer?

BENEDITO

Por que não se organizaram? Por que não se juntaram para expulsá-las?

VICENTÃO

Elas são muito poderosas, têm prestígio com o governo!

BENEDITO

Por que não tomam vergonha e não organizam um governo melhor? Em vez disso, vamos pegar os vaqueiros, os moradores, os trabalhadores de enxada, e montar nas costas deles! O mundo que eu conheci foi uma cavalhada: os grandes comerciantes de fora, montados nos de dentro; os de dentro, nos fazendeiros; os fazendeiros, nos vaqueiros; os vaqueiros, nos cavalos!

VICENTÃO

E os cavalos?

BENEDITO

Esses montam no chão: o que significa que um vaqueiro está somente dois graus acima do chão e um acima das bestas de carga!

VICENTÃO

Benedito, não vamos brigar agora! Eu morri, e os problemas aqui já são outros!

BENEDITO

São nada! Você continua Vicentão, eu continuo Benedito, e o Vicentão daqui depende do que foi o Vicentão de lá!

VICENTÃO

Mas é que, pouco antes de você chegar, essa luz aí se apagou: deve ter sido essa a causa de sua vinda!

BENEDITO

Acabe com seu catimbó! O que você quer é me intimidar, para ver se eu passo para seu lado!

VICENTÃO

Vamo-nos unir contra essa ameaça!

BENEDITO
> União com você, eu não quero mais de jeito nenhum! Enchi!

VICENTÃO
> Mas acontece que eu estou desconfiado de uma coisa... Você tem certeza que eu morri?

BENEDITO
> Tenho!

VICENTÃO
> Então aceite meus pêsames, porque você morreu também!

BENEDITO
> Está doido, homem!

VICENTÃO
> Estou nada! Você não está achando esquisito conversar assim com um defunto, não? Você morreu, não tem pra onde!

BENEDITO
> É possível?

VICENTÃO
> É não, é certo!

CHEIROSO novamente apaga e acende a luz.

BENEDITO
> A luz apagou-se de novo!

VICENTÃO

    Então vem outro defunto por aí! Quem será?

Entra PEDRO.

PEDRO

    Ai! Ela conhece
    a buzina do meu carro:
    quando eu apito,
    vem, correndo, me esperar!
    Marietinha,
    minha negra, meu chamego,
    meu focinho de borrego,
    meu xodó, meu resedá!
    Ai! Ô Marieta,
    você quer casar comigo?
    Ô Marieta,
    vamos embora mais eu!
    Ô Marieta,
    por tudo quanto é sagrado,
    depois de nós dois casados,
    tu não bota chifre n'eu!

BENEDITO

    Pedro!

PEDRO

    Ai, Benedito! Ó, Seu Vicentão! Que é que há, pessoal?

BENEDITO

    Sabe me dizer se eu morri?

PEDRO

    Morreu!

BENEDITO

    De quê?

PEDRO

    De raiva! Você não se lembra de ter saído correndo, para buscar o advogado que ia requerer o inventário de Seu Vicentão?

BENEDITO

    Me lembro: montei no cavalo, saí galopando, e, quando vi, foi uma pedra enorme na minha frente.

PEDRO

    Pois foi essa pedra, mesmo, que desgraçou você: o cavalo tropeçou e você caiu de cara nela. Sua cara lascou-se pelo meio, rasgou-se o pano dos fígados, os peitos se abriram, a espinhela arriou. O sangue, que alimentava os tecidos epiteliais, refluiu, vermelhando, para as concavidades interiores, que ressoaram cavamente, num eco terrificante e atroador. A barriga estufou, as tripas explodiram, o espinhaço torou-se, isso tudo foi lhe dando aquela raiva, aquela raiva, e você morreu.

BENEDITO

>Eu sempre fui um sujeito esquentado da peste! Qualquer coisinha me fazia um ódio! Quer dizer que morri no chão?

PEDRO

>Morreu!

BENEDITO

>*(A VICENTÃO.)* Por sua causa, viu? Se você não tem morrido, eu não tinha ido buscar o advogado. Se não tivesse ido buscar o advogado, não teria caído com a cara na pedra. E se não tivesse caído de cara na pedra, não teria tido aquela raiva que me matou!

VICENTÃO

>Está com raiva de mim?
>Que é que me importa?
>Bata com a cara na pedra
>até ficar torta!
>
>Conversa! Você morreu por castigo! Só vivia se queixando da vida! Com raiva de seu patrão! Falando mal dele! Com uma história de só viver dois graus acima do chão! Está aí: morreu no chão, pra largar de ser mal-agradecido, e agora está mais raso do que o chão!

BENEDITO

>Mais raso?

VICENTÃO

Sete palmos! A essa hora tem sete palmos de terra em cima de Vossa Senhoria!

BENEDITO

Quer dizer que eu também já sou assombração?

VICENTÃO

É, e não é muito pouco não! E desconfio que nosso amigo aí também já é!

PEDRO

Eu?

VICENTÃO

Quem mais havia de ser? Se eu estou morto, Benedito também, e se você está aqui, falando com a gente, é porque foi despachado também!

PEDRO

Mas é possível? Eu, morto? Eu, que era tão vivo?

BENEDITO

Colega, eu também era danado de vivo, e agora não dou mais nada: amunhequei, e parece que foi de vez!

PEDRO

Mas vocês morrerem era natural! Agora, comigo, é diferente, meu caso era tão especial! Vivia de guiar meu caminhão, dia e noite na boleia, pra cima e pra baixo, comendo a poeira do sertão! Aquela poeira me entrava pela boca, pelos olhos, pelo nariz, pelos ouvidos...

BENEDITO

    Basta, viu? Já entrou poeira demais! Se entrar mais uma, dá em molecagem!

PEDRO

    Foi ao voltar de uma viagem dessas que assisti a sua morte, Benedito. Você morreu na estrada, com a cara lascada na pedra!

VOZ DE MARIETA

    Jesus Cristo, filho de Davi!

PEDRO

    Ai! Vocês ouviram?

BENEDITO

    Que foi, homem de Deus?

PEDRO

    Ouvi um grito horroroso! Parecia uma pessoa morrendo!

VICENTÃO

    Que é isso, Pedro! Francamente, está com medo?

BENEDITO

    Que vergonha! Com medo!

VOZ DE MARIETA

    Jesus Cristo, filho de Davi, tenha piedade de mim!

VICENTÃO e BENEDITO

    (Abraçando-se, num salto.) Ai!

PEDRO

É uma alma, só pode ser! Isso por aqui deve estar empestado de alma do outro mundo!

BENEDITO

Vá ver o que foi, Pedro!

PEDRO

Eu não! Quem deve ir é Seu Vicentão, que rico não tem medo de alma!

VICENTÃO

Acontece que eu, eu tenho!

PEDRO

Então vamos tirar a sorte no par ou ímpar, para ver quem é que vai! Sou par!

BENEDITO

Sou ímpar! Uma, duas, três, já! Ganhei!

PEDRO

Então vá!

BENEDITO

Quer me enrolar, é, Pedro? Entenda-se aí com Vicentão Borrote, porque eu estou fora!

PEDRO

Está bem! Sou ímpar!

VICENTÃO

Nada disso, ímpar sou eu, que sou mais velho!

PEDRO

Pois vá lá, sou par!

VICENTÃO

Sou ímpar! Uma, duas, três, já! Valha-me Nossa Senhora da Conceição!

PEDRO

Pode ir! E boa sorte, Seu Vicentão!

VICENTÃO

Vocês pensam que eu tenho medo, é? *(Puxa o revólver.)* Lá vou eu! *(Para fora de cena.)* Quem vem lá? Quem vem lá? Vou contar até três: se não responder, eu atiro! Quem vem lá? Não responde não? Pois lá vai! Um, dois, três! Ai!

Joga o revólver no chão e corre para onde estão os outros. CHEIROSO *apaga novamente a luz e* MARIETA *aparece no limiar.*

MARIETA

Vida, sono e tentação,
morte, amor e fogo vão
nesse mundo de que cheguei:
eis a marca, eis o brasão
de gasto e dissipação
do amor que te dediquei.
Sensação de tempo e morte,
desgaste, pobreza e sorte
foi o que nele encontrei

— meu insone mal de amor,
travo, sossego e furor,
suma de quanto afrontei.
Tudo agora já passado,
não mais recomeçarei.
Ou será que, além da morte,
vem comigo esse suporte
cujo inventário julguei?
Não sei, nem tu mesmo sabes,
pois, como a vida, não cabes
nos roteiros que tracei!

Enquanto canta, anda pela plateia, acariciando o rosto dos homens, segundo ideia de Marcus Siqueira.

PEDRO

Marieta! Madalena!

MARIETA

Pedro! Então agora você me chama Madalena? Esse era meu nome de moça pobre da serra, e eu não o trocaria por nenhum outro! Mas a dona da pensão em que fui parar disse que isso era nome de mocinha e trocou-o por Marieta. É melhor me chamar assim. Todas as noites eu saía com minhas companheiras. Maria da Glória era Glorinha, Maria das Graças, Graciete, Maria de Lourdes, Lourdinete; um bando de

Marias de nome trocado, obrigadas a parar em quatro lugares: a casa, a pensão, o hospital e o cemitério!

VICENTÃO

Deixe de fazer drama, que lá em Taperoá nem hospital tem!

MARIETA

Mas tem posto de saúde!

BENEDITO

De qualquer forma, acabe com essa choradeira e entre na fila dos defuntos!

MARIETA

Dos defuntos? Aqui só tem defunto, é? Então o que é que eu estou fazendo aqui? Será que eu morri?

BENEDITO

Morreu, e é dessa qualidade de defunto que assombra os outros! Havia necessidade daqueles gritos?

MARIETA

E eu estava gritando, foi? A única coisa de que me lembro é que fui ao posto de saúde, depois que Pedro morreu.

PEDRO

Quer dizer que morri mesmo! De que foi?

MARIETA

Você morreu de nervoso. Aliás, foi por causa de Benedito. Você não vinha com seu caminhão, quando encontrou Benedito na estrada, se acabando?

PEDRO

    Vinha!

MARIETA

    (A BENEDITO.) Pedro parou o caminhão e botou você na carroceria, para ver se ainda conseguia salvá-lo. Engatou primeira, passou segunda, terceira, e desabou, com fé em Deus e pé na tábua. Do lado de lá, vinha o caminhão de Chico de Filipa, com um retirante que tinha morrido de fome e ia para a rua se enterrar. Na subida da ladeira, Chico resolveu também engatar primeira, passar segunda, terceira, e atolar o pé. Você vinha pelo outro lado e os caminhões se misturaram: Chico caiu de lado e escapou, mas você, morreu.

PEDRO

    Da queda?

MARIETA

    Não, de doença.

PEDRO

    Ali, na hora do desastre? Que diabo de doença foi essa?

MARIETA

    Edema de caminhão.

PEDRO

    Edema de caminhão? Que negócio é esse?

MARIETA

O caminhão virou por cima de você, mesmo por cima do bucho. As costelas se abriram e o coração lhe saltou pela boca afora. Os braços trocaram de lugar, passando o direito para o lado esquerdo, e o esquerdo para o vice-versa, enquanto as pernas entravam de barriga adentro. Seu organismo foi abalado no âmago do íntimo: o sistema linfático ocupou o lugar do esôfago, sendo substituído, por sua vez, pela pressão circulatória do simpático. Você, nervoso como sempre foi, ficou meio agoniado com aquilo tudo, e morreu.

BENEDITO

Coitado, tão moço e morrer assim!

PEDRO

Assim o quê?

BENEDITO

Com uma doença horrorosa dessa!

PEDRO

Você não morreu da sua?

BENEDITO

A minha foi muito mais suave!

PEDRO

Eu ia voltando para casar com você, Madalena! Você botou algum feitiço naquele chá que me deu, logo depois da briga de Benedito com o Cabo Rosinha e Vicentão?

MARIETA

>Botei. Mas foi coisa pouca: alecrim torrado em quenga de coco que a lua velou, pó de chifre de bode torrado em sangue de guiné com três fiapos de crina de cavalo preto e seis ovos de cobra cozidos em banho-maria.

PEDRO

>Pois foi tiro e queda! Tomei a bênção a minha mãe, pedi licença para casar, consegui, peguei o caminhão, encontrei Benedito na estrada se acabando, engatei primeira, passei segunda, terceira...

BENEDITO

>E pá! Edema de caminhão!

CHEIROSO apaga novamente a luz, acende-a, e entra PADRE ANTÔNIO, moço e curado da surdez.

PADRE ANTÔNIO

>A mulher do cego
>faz três dias que morreu:
>bateu, bateu,
>sem poder se levantar!
>De noite, o cego,
>sozinho no seu colchão,
>fica ali, passando a mão,
>e "Ai lugar!
>Ai lugar que já foi meu!"

VICENTÃO

> Outro candidato a defunto! Mas este eu não conheço: quem é?

MARIETA

> Estou vendo que é um padre, por causa da batina, mas quem é esse padre, não sei.

PADRE ANTÔNIO

> Então você desconhece o padre que confessou você na hora da morte?

MARIETA

> Quer dizer que estou morta, mesmo?

PADRE ANTÔNIO

> Está, e fui eu que confessei você.

MARIETA

> Ora pinoia! E eu tinha dito a todo mundo, no posto, que, se vissem que eu ia morrer, mandassem chamar Padre Antônio: eu só morria bem morrida se fosse confessada por ele. Mas entendo: eu devo ter sido prejudicada pela troca de nome. Certamente Padre Antônio foi confessar outra Madalena que pôde continuar fiel a seu nome, absolveu-a e eu embarquei no lugar da outra. Mas é isso mesmo: pobre, até na hora da morte, se contraria!

PADRE ANTÔNIO

> Mas dessa vez você não foi contrariada: eu não sou Padre Antônio?

PEDRO

Que é isso, padre, está conversando? Todo mundo, aqui, conhece Padre Antônio: foi ele quem batizou todos nós, quem despachou todos os defuntos de minha família... O senhor deve ser é a alma!

PADRE ANTÔNIO

Que alma?

BENEDITO

A que estava fazendo assombração por aqui!

PADRE ANTÔNIO

E tinha uma alma fazendo assombração aqui?

VICENTÃO

Tinha não, tem!

PADRE ANTÔNIO

(Arregaçando a batina e correndo.) Ai! Ai, meu Deus!

BENEDITO

Que é isso, padre?

PADRE ANTÔNIO

A coisa que eu tenho mais medo no mundo é de alma de padre!

PEDRO

É possível? Que falta de companheirismo! Seus colegas?

PADRE ANTÔNIO

Eu só sou colega dos vivos, dos defuntos não! Os defuntos que vão se danar! Ai!

MARIETA

>Mas espere, Seu Vigário: como é que o senhor sabe que a alma que anda por aqui é de padre, se o senhor não viu?

BENEDITO

>Se ele sabe sem ver, é que a alma é ele! Credo, cruz!

PADRE ANTÔNIO

>Vá pra lá com suas cruzes! Serei algum diabo? Está me achando com cara de alma?

MARIETA

>O senhor pode não ser, mas pela cara, não! A cara é de alma, e da legítima! Alma de padre, que é a mais mal-assombrada que existe!

PADRE ANTÔNIO

>Mas eu não já disse que sou Padre Antônio?

BENEDITO

>Ô alminha ruim dos seiscentos diabos! Marca três *emes*: magra, mole e mentirosa!

PADRE ANTÔNIO

>Mas por que é que vocês não querem acreditar que eu sou Padre Antônio?

PEDRO

>Porque Padre Antônio era velho e o senhor é moço!

PADRE ANTÔNIO

>*(Apalpando o rosto.)* E eu estou moço?

MARIETA

Está!

PADRE ANTÔNIO

Então é capaz de eu ter morrido mesmo, meu Deus! Será que foi isso? Eu conheço vocês todos: Benedito, Vicentão, Pedro, Madalena... Com a morte, devo ter recuperado minha juventude e perdido minha caduquice, minha surdez, o cansaço de todos aqueles anos de sertão! Quando cheguei lá, era o Padre Antônio Cavalcanti Wanderley. Com dois anos de sertão, o nome ficou reduzido a Padre Antônio Cavalcanti. Mas veio a seca de 1932, e, quando ela acabou, eu já passara a ser somente Padre Antônio. Afinal, perdi o nome.

MARIETA

Foi o mesmo que aconteceu comigo!

PADRE ANTÔNIO

O motivo foi diferente, viu? Eu me mantive na linha: perdi o nome, mas não recebi nenhum outro em lugar dele. Fiquei sendo "o padre". Semana Santa, Páscoa, Mês de Maio, São João, Natal, seca um ano sim outro também, entrava ano, saía ano, surdez, mansidão, velhice, até que me tornei aquilo que vocês já sabem, um padre cansado e velho, o velho vigário marca três *emes*: manso, mouco e meio-caduco. Mas parece que tinha de ser assim: quem sabe se não foi por tudo isso que mereci Marieta me chamar na hora da morte dela?

MARIETA

Marieta? O senhor me chama novamente assim? Então não fui absolvida? Morri sem me confessar?

PADRE ANTÔNIO

Não, minha filha! Você se confessou e morreu inconsciente, gritando: "Jesus Cristo, filho de Davi."

MARIETA

E o senhor me absolveu?

PADRE ANTÔNIO

Absolvi, por que não? Coitada, uma vida mesquinha, cheia de engano e de sofrimento...

MARIETA

Não precisa dizer como vivi não, que eu já sei. O que eu quero saber é como morri.

PADRE ANTÔNIO

Ah, minha filha, sua morte foi a coisa mais triste deste mundo!

MARIETA

E foi? De que foi que eu morri?

PADRE ANTÔNIO

Você morreu de besta!

MARIETA

De besta? Eu não digo? Foi coisa que nunca fui!

Padre Antônio

Você não se lembra de ter comido uma panelada? E que a panelada lhe fez mal? E que você foi para o posto com a cara torta e botando sangue pela boca?

Marieta

Me lembro.

Padre Antônio

Pois a desgraça começou aí. O sangue, rompendo os vasos sanguíneos da laringe, precipitou-se pelos caminhos mais ásperos do conduto abdominal. Os rins se contraíram de tal modo, que fizeram pressão na parede interna do hipogástrico. Os sucos biliares e pancreáticos estouraram nesse momento para os lados do coração, causando tal ansiedade neste músculo central que ele despedaçou as cadeias que o detinham, invadindo o território destinado aos órgãos pulmonares. O nó da vida, não suportando o embate de tantas catástrofes, estava para se desatar. Você, com sua besteira, não tomou as providências para evitar isso, e, como dizem os jornais, veio o desenlace.

Marieta

E onde é que está minha besteira, que eu não estou vendo?

Padre Antônio

Em não tomar a providência!

MARIETA

> E que providência eu podia tomar, com o diabo de uma doença danada dessa?

PADRE ANTÔNIO

> Não sei, mas devia haver alguma! De modo que foi assim que você morreu.

MARIETA

> De besta!

PADRE ANTÔNIO

> De besta.

MARIETA

> Em suma: nasci na miséria, perdi meu nome na esperança de me casar e, quando estava para conseguir esse sonho, morri de besta num posto de saúde!

BENEDITO

> É o que se chama "nascer na fé, viver na esperança e morrer na caridade".

PADRE ANTÔNIO

> Ela morreu por sua causa, Pedro.

PEDRO

> Por minha causa? Como?

PADRE ANTÔNIO

> Ficou nervosa com sua ausência e deu para comer. Tem gente que, nessas crises sentimentais, dá para beber: ela, foi pra comer. Quando o nervoso

aumentava e ela metia na cabeça que você ia faltar à promessa, chegava a comer dois quilos de carne de uma vez. Numa dessas roedeiras, comeu a panelada sozinha e morreu! É vício!

*C*HEIROSO *novamente apaga e acende a luz.*

MARIETA

    Ai!

BENEDITO

    Que foi?

MARIETA

    A luz se apagou de novo!

PADRE ANTÔNIO

    Ai meu Deus, é a alma! Ai!

BENEDITO

    O senhor viu?

PADRE ANTÔNIO

    Vi!

BENEDITO

    O quê?

PADRE ANTÔNIO

    Sei lá! Sei que vi um troço, mas vou lá saber o que foi! Ai!

Correria geral, cada um para junto do outro, todos gritando e fugindo como se o companheiro que se aproximou fosse a alma.

VICENTÃO

Um momento! Acalmem-se! Calma, Padre Antônio! Vamo-nos acalmar, todos. Já entendi que essa luz só faz mal aos que ainda estão lá embaixo. Toda vez que ela se apaga, empacota um lá embaixo e chega o defunto aqui.

BENEDITO

E você acha pouco? De um em um, daqui a pouco pra todo lado que a gente se vira tem um defunto olhando pra gente! Você acha pouco?

VICENTÃO

Meu filho, é uma por outra! Se eles começarem com assombração para o lado da gente, a gente faz uma concentração defronte deles: garanto que não fica um, aqui! A desgraça de um defunto é ver um morto na porta!

PADRE ANTÔNIO

Então fiquem por aí vocês que já estão mortos e já têm certeza disso. Eu vou dar o fora! Ai!

Grita e recua ao ver JOAQUIM, que vem entrando.

JOAQUIM

Toicim torrado
é melhor do que angu:
angu queimado
tem catinga de urubu.
Toicim torrado
é melhor do que angu:
angu queimado
tem catinga de urubu.
Vou-me embora, vou-me embora,
vou daqui para o Patu,
vou buscar moça bonita,
vou tomar mel de uruçu!
Ai, Marieta,
olhe o rabo do tatu,
ai, Marieta,
na castanha do caju!
Ai, Marieta,
sacatrapo de teju,
ai, Marieta,
na batata desse imbu.
Vou-me embora, vou-me embora,
vou daqui para o Patu.
Ai, que já me falta rima
nesse verso todo em *u*.
Toicim torrado

é melhor do que angu:
angu queimado
tem catinga de urubu!

MARIETA

Defunto número seis!

BENEDITO

É Joaquim!

JOAQUIM

Sim, sou eu, Benedito! Voltei de Campina para morrer em casa.

PEDRO

Pois se era isso o que você queria, pode ficar descansado que já conseguiu!

MARIETA

Espere! Você é o retirante que vinha no caminhão de Chico da Filipa!

JOAQUIM

É verdade.

MARIETA

Vinha morto!

JOAQUIM

É mentira! Estava somente desmaiado de fome. Cheguei a Taperoá e Padre Antônio me levou para o posto de saúde. Quando eu acordei, você já tinha morrido, Marieta, mas à morte do padre eu assisti.

Padre Antônio

E de que foi que eu morri?

Joaquim

De susto! No posto não tinha uma viga de braúna, de mais ou menos uma tonelada, segurando o telhado?

Padre Antônio

Tinha.

Joaquim

A ponta tinha apodrecido sem ninguém saber. Quando o senhor acabou de despachar Madalena, vinha saindo, e ela desabou bem no meio de sua cabeça! O cocuruto lascou-se, seu pescoço entrou de espinhaço adentro, os ombros se abriram para que a cabeça pudesse penetrar no lugar destinado ao espinhaço, o fim das costas desceu para o lugar das pernas e as pernas entraram de chão adentro. Essa situação não deixa de ser meio esquisita, não é? O senhor assustou-se um pouco com a esquisitice dela e morreu do susto.

Padre Antônio

É, eu sempre tive o coração meio fraco! Nunca acreditei que morria, mas sabia que se isso me acontecesse um dia, aí por qualquer coisa, seria de susto.

BENEDITO

Mas você, Joaquim? Que fim levou, depois que saiu da delegacia e se retirou para Campina?

JOAQUIM

Saí com alguma coisa, com aquele dinheirinho conseguido etc., como você sabe. Mas o dinheiro durou pouco. Não arranjei trabalho em Campina. Disseram que, perto de Patos, eu podia me empregar na estrada que estão fazendo. Fui para lá, e nada! Aí, minha história tornou-se igual à de qualquer retirante. Passei toda espécie de miséria, comendo o que me davam e bebendo a água que encontrava. Fui ficando fraco, fraco, vivia com a vista escura. Vi que estava perto de morrer: procurei um padre para me confessar, não sabia mais onde me encontrava. Então, me deu aquela vontade de morrer em casa. Tomei a estrada, comecei a andar e desmaiei. Quando acordei, Chico de Filipa estava parado com o caminhão, junto de mim. Ele me botou na carroceria do caminhão pensando que eu estava morto, mas, no caminho, bateu noutro caminhão que vinha pelo outro lado, e o abalo me acordou.

PEDRO

Comigo, foi exatamente o contrário: eu vinha bonzinho, e, nesse abalo, Chico acertou minha tampa!

MARIETA

>Lamento porém informá-lo de que a essas horas Vossa Senhoria é defunto.

JOAQUIM

>Eu, defunto? Quem disse?

MARIETA

>Ninguém, mas acontece que aqui tem um chamego duma luzinha que não falha: apagou, arreia um freguês lá embaixo!

Cheiroso maneja novamente a luz.

JOAQUIM

>Então vem outro delfino por aí! Quem terá sido?

Entra João Benício, o cantador.

JOÃO

>Fui eu! Entro, sei que estou morto e entro logo cantando "O Piado do Cachorro", que é para todo mundo saber que eu não sou garapa! Lá vai:
>Em Cajazeira eu lá não vou,
>que a bebedeira é um horror.
>Em Cajazeira eu não vou mais,
>que a bebedeira está demais!
>Morri de cara para o sol,

morri, mas a vida não passa.
Morri de viver cantando,
morri de beber cachaça!

MARIETA

Eu me admiro é ele saber que está morto! Você foi o único que não se enganou até agora, João!

JOÃO

Mas é claro que eu sei que estou morto! Sabe lá você quantas vezes eu encarei minha morte? Vocês pensam que um poeta é homem para afracar com esse risco? Eu convivi a vida inteira com minha morte. Vocês passam a vida dando as costas para ela: é por isso que, quando a morte aparece, não sabem nem o que está acontecendo. É por isso que eu sabia, e vocês, não!

JOAQUIM

Você, que estava em Taperoá quando eu cheguei, sabe me dizer se eu morri?

JOÃO

Morreu.

JOAQUIM

Morri de quê?

JOÃO

Morreu de fome, Joaquim.

JOAQUIM

De fome? Que morte mais besta! Que morte sem imaginação!

JOÃO

Você já viu retirante morrer de outra coisa?

JOAQUIM

É, mas eu bem que podia ter tido uma morte mais elegante!

JOÃO

Você queria bem uma morte por cansaço intelectual?

JOAQUIM

Era! Cansaço intelectual, angústia, uma coisa assim!

JOÃO

Pois não tem conversa não, morreu foi de fome!

JOAQUIM

Mas não me deram comida no posto, homem?

JOÃO

O mal foi exatamente esse. O íntimo de suas entranhas, chamejante e calcinado, recebeu a presença alimentar e, quando o primeiro resquício passou pelo piloro, houve um dramático apelo, que, partindo do fígado, teve incrível ressonância, desde o interior das arcadas superciliares às anfractuosidades mais resistentes da cintura pelviana, a chamada *pélvis anfracta*. O sistema ósseo sofreu uma contração aguda e povoada de vibrações, os pulmões se contraíram, expelindo a seiva da vida que caminhava em suas artérias, e, antes que lhe prestassem qualquer socorro, você esticou a canela.

JOAQUIM

Estiquei!...

JOÃO

Esticou! E não pense que é modo de falar não: a primeira coisa que a gente notava em seu defunto era aquela canela, magra, fina e esticada que só metro de medir fazenda.

JOAQUIM

Homem, de qualquer jeito eu tinha de morrer, assim pelo menos morri alimentado!

JOÃO

Aí é que você se engana: seu mal foi ter comido. O médico disse que você já estava quase acostumado sem comer e foi por ter comido que morreu.

JOAQUIM

Quer dizer que, se eu tivesse aguentado mais uns dias, era capaz de poder passar o resto da vida sem comer, hein?

JOÃO

Eu não entendi direito não, mas parece que era.

JOAQUIM

E continuava andando, vivendo, tudo do mesmo jeito?

João

Ah, isso não! Você sofreria uma pequena transformação.

Joaquim

Qual era?

João

Virava mandacaru.

Joaquim

Homem, do jeito que eu vivi, a diferença era pouca!

João

Você não vê esses tabuleiros por aí, cheios de mandacaru? Aquilo tudo é gente que anoiteceu gente e amanheceu mandacaru: o cabra é muito ruim ou passa muito aperto, da noite para o dia, sem saber como nem por que, vira mandacaru.

Benedito

E você, João, como foi que morreu?

João

Bem, eu tomei parte no velório de Joaquim. Mateus, irmão dele, foi quem pagou a cachaça. Cada excelência que se cantava, eu fazia um verso em homenagem ao morto e tomava uma lapada. Quando o dia amanheceu, de lapada em lapada, eu já estava às quedas. Enterrou-se Joaquim e eu saí cantando pela estrada. Aí, dei um tombo maior, e caí com a cara virada para o sol. Senti que estava esquentando,

esquentando, foi me dando aquela agonia, aquela agonia, e que agonia foi essa, meu senhor, que, quando dei acordo de mim, a bicha estava daqui para aí, me olhando!

MARIETA

A bicha? Que bicha?

JOÃO

Ora que bicha! Caetana, minha filha!

PADRE ANTÔNIO

Caetana? Caetana é bicha? Quem é Caetana?

BENEDITO

É a morte, padre! Esse povo é engraçado: estuda, se forma, lê tudo quanto é de livro, e não sabe que o nome da morte é Caetana!

JOÃO

Pois bem. Aí eu me virei para Caetana e disse: "Que é que há?" Aí ela disse: "Nada!" Aí eu disse: "Como vai?" Aí ela disse: "Eu, vou bem, você é que eu não sei, compadre!" Aí ela fez uma cara meio esquisita pra meu lado e eu disse: "Nunca me viu não?" Aí ela disse: "Não, mas vou ver agora mesmo!" Ainda bem ela não tinha fechado a boca...

JOAQUIM

Você esticou!

JOÃO

> Não, encolhi! Poeta é assim: morre dobrado, abraçado com a morte!

MARIETA

> Eu sei! Está com essa valentia agora! Lá, parece que estou vendo o cagaço que deu!

Toques de sino e de tambor.

BENEDITO

> Meu Deus, que será isso?

PADRE ANTÔNIO

> Valha-me Deus! Jesus!

MARIETA

> Jesus Cristo, filho de Davi, tenha piedade de nós!

CHEIROSO aparece agora. Todos estão ajoelhados, mas, quando o veem, vão se levantando, com exceção de JOAQUIM e de PADRE ANTÔNIO.

VICENTÃO

> Mas olhem só de quem a gente estava com medo! Rá, rá! É aquele moleque, dono do mamulengo!

PEDRO

> Levante-se, Padre Antônio! Esse barulho todo e é somente o dono do mamulengo!

BENEDITO

>Joaquim, tenha vergonha! Com medo de um palhaço desse?

CHEIROSO

>Acontece, meu filho, que, agora, eu represento o Cristo, o Salvador do mundo!

VICENTÃO

>O Cristo! Vejam só o atrevimento desse moleque! Dá um bofete nele!

BENEDITO dá uma tapa na parte de trás da cabeça de CHEIROSO, perto da nuca.

PEDRO

>Com essa vara é melhor! Passa a vara nele, tome!

VICENTÃO

>Dá nele, dá!

BENEDITO

>*(Rindo.)* Você é o Cristo, é?

VICENTÃO

>Se é, adivinhe quem foi que lhe bateu!

TODOS

>Ah rá, rá, rá, rá! Olhe a cara dele!

Cheiroso faz um sinal. Marieta vem por trás dele, coloca o manto em seus ombros e depois enxuga seus pés com os cabelos.

Joaquim
    É ele! Vocês não deviam ter feito isso!

Benedito
    É ele?

Pedro
    É ele? Será que é mesmo?

Vicentão
    É, pode ser! Agora a gente vê melhor. Também, com aquela roupa, quem ia ligar? O senhor me desculpe, eu não sabia: agora, a gente vê logo que é uma pessoa de certa ordem, um juiz, um professor, uma coisa assim! O senhor é o Cristo mesmo, é?

Cheiroso
    Eu o represento, agora!

Vicentão
    É verdade que o Cristo pode tudo?

Cheiroso
    É.

Vicentão
    Mas que coisa extraordinária! Que grande sujeito é você. *(Beija-o no rosto.)* O senhor pode, então, me arranjar um emprego na prefeitura?

Todos

Rá, rá, rá!

Pedro

E vamos ser julgados por você?

Cheiroso

Faz parte do processo.

Benedito

Então, Vossa Excelência vai me desculpar, mas, antes disso, quem deve ser julgado é Vossa Excelência, Vossa Eminência, Vossa Mamulenguência! Antes de nós fazermos qualquer coisa, o senhor criou a gente e inventou o mundo! Foi o senhor quem inventou a confusão toda, de modo que deve ser julgado primeiro!

Cheiroso

Está certo, Benedito, em nome do Cristo vou aceitar o que você diz, se bem que veja que, mais uma vez, não estou sendo levado a sério. Serei então julgado por vocês, que farão um inventário de seus infortúnios e dirão se valeu a pena ter vivido ou não. Será assim julgado o ato que Deus praticou, criando o mundo. Vou eu mesmo servir de acusador, formulando as perguntas fundamentais do processo, tudo aquilo que se pode lançar no rosto de Deus, mais uma vez exposto à multidão.

VICENTÃO

Esse é que é o homem! Eis o homem!

CHEIROSO

Você, que é padre, aproxime-se em primeiro lugar. De que morreu?

PADRE ANTÔNIO

De susto.

CHEIROSO

Por quê?

PADRE ANTÔNIO

Por causa de Madalena. Se não tivesse ido confessá-la, ainda estaria vivo!

CHEIROSO

E você, Madalena, por que morreu?

MARIETA

Morri por causa de Pedro.

CHEIROSO

E você, Pedro?

PEDRO

Por causa de Benedito.

BENEDITO

Eu morri por causa do fazendeiro Vicentão.

VICENTÃO

Eu, por causa dos Nunes.

CHEIROSO

E por causa do padre não morreu ninguém?

JOAQUIM

    Eu! Foi ele quem me deu comida. Se não tivesse dado, eu ainda estaria vivo. Virando mandacaru, mas vivo!

CHEIROSO

    E por sua causa, quem morreu?

JOÃO

    Eu! A cachaça do velório dele acabou com minha saúde.

CHEIROSO

    Em suma, cada um de vocês morreu por causa do outro. É a primeira acusação do processo, porque os homens morrem do convívio dos demais. Se vocês não herdassem o pecado e a morte, se não fossem obrigados às injunções de um só rebanho, não morreriam, e Deus não seria acusado nesse ponto. Será que o Cristo vai ter que morrer novamente por isso? Ou será que alguém tem coragem de morrer em seu lugar? Você teria coragem, Pedro?

PEDRO

    Eu? Por que logo eu? Eu não digo que sou pesado! Eu, não!

CHEIROSO

    Por quê?

PEDRO

    Ora por quê! Porque não!

CHEIROSO

    Você não me conhece, Pedro?

PEDRO

    Não conheço, não quero conhecer e tenho raiva de quem conhece.

BENEDITO canta como galo.

CHEIROSO

    Três vezes! O galo acaba de cantar. O Cristo está novamente a caminho de sua Paixão. João, poeta, e Maria Madalena, ex-prostituta, estão a seu lado. Primeira pergunta do Acusador: vale a pena fazer parte da vida, sabendo que a morte é inevitável? O Cristo é levado diante de Pilatos!

Levam CHEIROSO diante de VICENTÃO, que se senta em algum lugar, representando Pilatos. VICENTÃO fala no tom dos recitativos da Paixão, mas com um matiz de escárnio, como se tudo fosse uma palhaçada.

VICENTÃO

    Não vejo nele mal algum!

CHEIROSO

    No Cristo, Pilatos não viu nenhum mal. De que homem se poderia dizer a mesma coisa? Segunda pergunta do Acusador: vale a pena ser mergulhado nesse espetáculo turvo e selvagem, sabendo que o mal assim marca o sol do mundo? O Cristo é levado diante de Herodes!

BENEDITO

(Também escarnecendo.) Quero que você faça um sinal, alguma coisa que me prove que você é o Filho de Deus! Não há coisa que eu mais deseje do que ver algum prodígio.

CHEIROSO

Herodes queria um sinal, para ter a prova de que há alguma coisa de grave e de sério por trás da enganosa aparência de farsa da vida. Mas o Cristo calou-se, porque muita coisa é preciso deixar em segredo. Terceira pergunta do Acusador: vale a pena viver, sabendo que a vida é um dom obscuro, que nunca será inteiramente entendido e captado em seu sentido enigmático?

BENEDITO

De novo a Pilatos! Conduzam o Rei dos Judeus!

VICENTÃO

Jesus ou Barrabás?

TODOS

Barrabás! Queremos Barrabás!

CHEIROSO

Então o Cristo foi entregue aos homens para ser crucificado. Era naquele instante quase a hora sexta, e toda a Terra ficou coberta de trevas até a hora nona. E Jesus, dando um grande brado, disse: "Pai, nas suas mãos encomendo meu espírito. Tudo está consumado!" E, dizendo estas palavras, inclinou a cabeça e rendeu o espírito. Assim, terminou o maior de todos os acontecimentos. E diz a última pergunta do Acusador: estão vocês dispostos a aceitar o mundo, sabendo que o centro dele é essa Cruz, que a vida importa em contradição e sofrimentos, suportados na esperança? Que diz você, Joaquim, você, pobre retirante que morreu de fome e que tem o nome do avô de Deus? Você acha que valeu a pena? Se pudesse escolher, viveria de novo?

JOAQUIM

Minha resposta é sim.

CHEIROSO

E a sua, Padre Antônio?

PADRE ANTÔNIO

Também. A vida é dura mas é boa.

CHEIROSO

Você, Pedro, que diz?

PEDRO

A mesma coisa do padre.

CHEIROSO

    E você, Benedito?

BENEDITO

    Eu só digo sim, se continuasse com o direito de lutar para melhorar de vida.

CHEIROSO

    É sua defesa, é um direito seu.

BENEDITO

    Então, eu topava de novo, dez vezes!

CHEIROSO

    Você o que diz, Madalena?

MARIETA

    O mesmo que Pedro disse.

CHEIROSO

    E você, João? Você, que era poeta e, por isso, bebia o sol do mundo, viveria de novo?

JOÃO

    E então? O mundo podia ser meio ruim e meio doido, mas parecia tanto com a gente e eu já estava tão acostumado com ele!

VICENTÃO

    E eu? Falo ou não falo?

CHEIROSO

    Qual é a opinião que você tem dele, Joaquim?

JOAQUIM

>Passei o diabo na terra de Seu Vicentão. Mas uma coisa eu digo: quando minha mãe adoeceu para morrer, ele fez por ela o que eu nunca esperei.

CHEIROSO

>Isso é quase nada, Vicentão. Mas mesmo assim, é só por isso que você terá o direito de falar. Vá então, e saiba que seu julgamento será muito parecido com aquele que seus pobres fazem de você. Qual é sua resposta?

VICENTÃO

>*(Ocultando o rosto entre as mãos.)* É sim, também!

CHEIROSO

>Pois, uma vez que julgaram favoravelmente a Deus, assim também ele julga vocês. Erros, cegueiras, embustes, enganos, traições, mesquinharias, tudo o que foi a trama de suas vidas, perde a importância de repente, diante do fato de que vocês acreditaram finalmente em mim e diante da esperança que acabam de manifestar. Como zombaria, disseram isso de você, Madalena, mas todos vocês nasceram na fé, viveram na esperança, foram agora salvos pela caridade, que é um dos nomes divinos do Amor. *(Enquanto os outros saem.)* O Cristo foi mais uma vez julgado e crucificado. Os homens comeram mais uma vez sua carne e beberam seu sangue, esse fruto

da videira que ele afirmou que não beberia mais, até que viesse o Reino de Deus. Tudo foi consumado. A carne do homem também será glorificada e o espetáculo terminou. *(Tira o manto das costas.)* Mas, agora mesmo, recomeça. E eu termino dizendo como Inocêncio Bico-Doce:

Ai, meu Deus, que vida torta
a findar e a começar!
Por que ninguém nunca perde
vergonha pra ela achar?
Ah, mundo doido, esse mundo
cujo mistério sem fundo
só Deus pode decifrar!

Voltam todos e o "terno" ataca a música de abertura.

TODOS

Cadê seus homens, Maria?
Cadê seus homens, cadê?

CHEIROSA

Venceram toda a batalha,
não precisam mais se esconder.
Ai! ai!

TODOS

    Cadê seus homens, Maria?
    Cadê seus homens, cadê?

CHEIROSA

    Venceram toda a batalha,
    não precisam mais se esconder!

TODOS

    Ninguém sabe Marieta
    onde vive e onde está:
    acabou-se seu problema,
    não mais vive ao Deus-dará!

CHEIROSO

    Marieta e seus homens
    encontraram seu lugar.

TODOS

    Todos nós e Marieta
    achamos nosso lugar!

PANO.

Recife, 18 de novembro de 1959.

Nota Biobibliográfica
Carlos Newton Júnior

Poeta, dramaturgo, romancista, ensaísta e artista plástico, Ariano Vilar Suassuna nasceu na cidade da Paraíba (hoje João Pessoa), capital do estado da Paraíba, em 16 de junho de 1927. Filho de João Urbano Suassuna e Rita de Cássia Vilar Suassuna, nasceu no Palácio do Governo, pois seu pai exercia, à época, mandato de "Presidente", o que correspondia ao atual cargo de Governador. Terminado seu mandato, em 1928, João Suassuna volta ao seu lugar de origem, o sertão, fixando-se na fazenda "Acauhan", no atual município de Aparecida. Em 9 de outubro de 1930, quando Ariano contava apenas três anos de idade, João Suassuna, então Deputado Federal, é assassinado no Rio de Janeiro, vítima das cruentas lutas políticas que ensanguentaram a Paraíba, durante a Revolução de 30. É no sertão da Paraíba que Ariano passa boa parte da sua infância, primeiro na "Acauhan", depois no município de Taperoá, onde irá frequentar escola pela primeira vez e entrará em contato com a arte e os espetáculos populares do Nordeste: a cantoria de viola, o mamulengo, a literatura de cordel etc. A partir de 1942, sua família fixa-se no Recife, onde Ariano iniciará a sua vida literária, com a publicação do poema "Noturno", no *Jornal do Commercio*, a 7 de outubro de 1945. Ao ingressar na Faculdade de Direito do Recife, em 1946, liga-se ao grupo de estudantes que retoma, sob a liderança de Hermilo Borba Filho, o Teatro do Estudante de Pernambuco (TEP). Em 1947, escreve a sua primeira peça de teatro, a tragédia *Uma Mulher Vestida de Sol*. No ano seguinte, estreia em palco com outra tragédia, *Cantam as Harpas de Sião*, anos depois reescrita sob o título *O Desertor de Princesa* (1958). Ainda estudante de Direito, escreve mais duas peças, *Os Homens de Barro* (1949) e o *Auto de João da Cruz* (1950). Em 1951, já formado, e novamente em Taperoá, para onde vai a fim de curar-se do pulmão, escreve e encena, com mamulengos, o entremez *Torturas de um Coração*. Esta peça em um ato, seu primeiro trabalho ligado ao cômico, foi escrita e encenada para receber a sua então noiva Zélia de Andrade Lima e alguns familiares seus que o foram visitar. Após *Torturas*, escreve mais uma tragédia, *O Arco Desolado* (1952), para então dedicar-se às comédias que o deixaram famoso: *Auto da Compadecida* (1955), *O Casamento Suspeitoso* (1957), *O Santo e a Porca* (1957), *A Pena e a Lei* (1959) e *Farsa da Boa Preguiça* (1960). A partir da encenação, no Rio de Janeiro, do *Auto da Compadecida*, em janeiro de 1957, durante o "Primeiro Festival de Amadores Nacionais", Suassuna é alçado à condição de um dos nossos maiores dramaturgos. Encenado em diversos países, o *Auto da Compadecida* encontra-se editado em vários idiomas, entre os quais o alemão, o francês, o inglês, o espanhol e o italiano, e recebeu, até hoje, três versões para o cinema. Em 1956, escreve o seu primeiro romance, *A História do Amor de Fernando e Isaura*, que permanecerá inédito até 1994. Também em 1956, inicia carreira docente na Universidade do Recife (depois Universidade Federal de Pernambuco), onde irá lecionar diversas disciplinas ligadas à arte e à cultura até aposentar-se, em 1989. Em 1960, forma-se em Filosofia pela Universidade Católica de Pernambuco. A 18 de outubro de 1970, na condição de diretor do Departamento de Extensão Cultural da Universidade Federal de Pernambuco, lança oficialmente, no Recife, o Movimento Armorial, por ele idealizado para realizar uma arte brasileira erudita a partir da cultura popular. Passa, então, a ser um grande incentivador de jovens talentos, nos mais diversos campos da arte, fundando grupos de música, dança e teatro, atividade que desenvolverá em paralelo ao seu trabalho de escritor e professor, ministrando aulas na universidade e "aulas-espetáculo" por todo o país, sobretudo nos períodos em que ocupa cargos públicos na área da cultura, à frente da Secretaria de Educação e Cultura do Recife (1975-1978) e, em duas ocasiões, da Secretaria de Cultura de Pernambuco (1995-1998 / 2007-2010). Em 1971, é publicado o *Romance d'A Pedra do Reino e o Príncipe do Sangue do Vai-e-Volta*, um longo romance escrito entre 1958 e 1970, e cuja continuação, a *História d'O Rei Degolado nas Caatingas do Sertão — Ao Sol da Onça Caetana*, sairá em livro em 1977. Na primeira metade da década de 1980, lança dois álbuns de "iluminogravuras", pranchas em que procura integrar seu trabalho de poeta ao de artista plástico, contendo sonetos manuscritos e ilustrados, num processo que associa a gravura em offset à pintura sobre papel. Em 1987, com *As Conchambranças de Quaderna*, volta a escrever para teatro, levando ao palco Pedro Dinis Quaderna, o mesmo personagem do seu *Romance d'A Pedra do Reino*. Em 1990, toma posse na Academia Brasileira de Letras, ingressando, depois, nas academias de letras dos estados de Pernambuco (1993) e da Paraíba (2000). Faleceu no Recife, a 23 de julho de 2014, aos 87 anos, pouco tempo depois de concluir um romance ao qual vinha se dedicando havia mais de vinte anos, o *Romance de Dom Pantero no Palco dos Pecadores*.

Direção editorial
Daniele Cajueiro

Editora responsável
Janaína Senna

Produção editorial
Adriana Torres
Luisa Suassuna

Fixação de texto e nota biobibliográfica do autor
Carlos Newton Júnior

Revisão
Maria Flavia dos Reis

Direção de arte
Manuel Dantas Suassuna

Capa e projeto gráfico
Ricardo Gouveia de Melo

Diagramação
Filigrana

Este livro foi impresso em 2023, pela Reproset,
para a Nova Fronteira.